자기만의 방

자기만의 방

버지니아 울프 | 김율희 옮김

일러두기

• 원서에 실린 저자의 주석에는 설명 끝에 (원주) 표기를 하였고, 옮긴이의 주석에는 별도의 표기를 하지 않았다.

• 이 에세이는 1928년 10월 뉴넘 대학의 예술학회와 거턴 대학의 오타*에서 발표한 두 강연문에 기초한다. 전부 읽기에는 너무 길어 추후 내용을 수정하고 보충했다.

*케임브리지의 단과 대학인 뉴넘과 거턴은 당시 여자대학이었다. 뉴넘은 여자대학으로 남았으나 거턴은 1979년부터 남학생의 입학을 허가했다. 거턴 대학 문학회인 '오타(Odtaa)'는 지긋지긋한 일의 반복이라는 뜻인 'One damn thing after another'의 줄임말이다.

I feel certain that I am going again. I feel we can't go through another of those terrible times. I shan't recover this time. I begin to hear voices, & can't concentrate. So I am doing what seems the best thing to do. You have given me the greatest possible happiness.

1장

... would have been ... the trouble ... disease comes. I can't ... it any longer. I know that I am ... your life, that without me you could work. And you will, I know ... I can't even write this properly. I can't read. What I want to say is ... all the happiness of my life ... I have been entirely patient with me ... incredibly good. I want to say that ... everybody knows it. If any body ...

여러분은 이렇게 말할지도 모르겠습니다. 우리는 여성과 소설에 대한 강연을 부탁했는데 대체 자기만의 방이 그것과 무슨 상관이 있다는 말인가요, 라고. 이제 설명해 보도록 하지요. 여성과 소설에 대한 강연을 부탁받고 나는 강둑에 앉아 그 말이 무슨 뜻일까 곰곰이 생각하기 시작했습니다. 그저 패니 버니*에 대해 간단히 언급해 달라는 뜻일 수도 있었습니다. 제인 오스틴**에 대해서도 몇 마디 언급해 주고, 브론테 자매***에게 헌사를 바치고, 눈 덮인 하워스 사제관****을 묘사해 주고, 가능하다면 미트퍼드

---

*패니 버니는 애칭이며 본명은 프랜시스 버니(Frances Burney, 1752~1840)로 제인 오스틴에게 영향을 끼친 가정소설가. 대표작으로 『에블리나(Evelina or the History of a Young Lady's Entrance into the World)』가 있다.

**Jane Austen(1775~1817): 19세기 초 영국문학을 대표하는 작가 중 한 명으로 18세기 중상류층 여성의 삶을 섬세하게 표현한 『오만과 편견』, 『이성과 감성』, 『에마』 등의 소설을 남겼다.

***1840년대에서 1850년대까지 활동한 영국 소설가 자매로 『제인 에어(Jane Eyre)』를 쓴 샬럿 브론테(Charlotte Brontë, 1816~1855), 『폭풍의 언덕(Wuthering Heights)』을 쓴 에밀리 브론테(Emily Brontë, 1818~1848), 『아그네스 그레이(Agnes Grey)』를 쓴 앤 브론테(Anne Brontë, 1820~1849)를 뜻한다.

****영국 잉글랜드 북부 요크셔 지방에 있는 브론테 자매의 집.

양*에 대한 재담도 몇 마디 섞고, 조지 엘리엇**에 대해서도 넌지시 존경을 비치고, 가스켈 부인***에 대한 이야기를 약간 할 수도 있었으며, 사실 그렇게 해도 되었을 것입니다. 그러나 다시 생각해 보니 그 말이 그리 단순해 보이지 않더군요. 여성과 소설이라는 주제는 어쩌면, 그리고 여러분의 의도가 그런 것이었을 수도 있지만, 여성과 여성의 특성에 대해 이야기해 달라는 뜻일 수도 있었습니다. 혹은 여성과 여성이 쓰는 소설, 또는 여성과 여성에 대해 쓴 소설, 아니면 이유는 모르지만 이 세 가지가 서로 불가분으로 얽혔으니 그 관점에서 고찰해 달라는 뜻일 수도 있었지요. 그러나 가장 흥미로워 보이는 이 마지막 방식으로 그 주제를 고찰하기 시작했을 때, 나는 곧 거기에 치명적인 문제점이 하나 있다는 사실을 발견했습니다. 결코 결론에 도달할 수 없을 것이라는 사실이었습니다. 내 생각에 강연자의 첫째 의무, 즉 한 시간의 강연이 끝난 뒤 청중이 공책 갈피에 요약해 벽난로 선반에 영원히 간직할 순수한 진리 덩어리를 여러분에게 전해 주어야 한다는 그 의무를 나는 결코 완수하지 못할 테니까요. 내가 할 수 있는 것은 사소한 한 가지 주장에 대한 의견을 제시하는 것뿐이었으니,

---

*Mary Russell Mitford(1787~1855): 영국의 시인 겸 수필가 겸 극작가.
**George Eliot(1819~1880): 본명은 메리 앤 에반스로 빅토리아 시대를 대표하는 소설가 겸 시인. 소설 속 탁월한 심리 묘사로 유명하며 영국 시골 마을의 일상을 다룬 『미들마치(Middlemarch)』는 훗날 소설가들에게 영어로 쓰인 최고의 소설이라는 극찬을 받았다.
***Elizabeth Gaskell(1810~1865): 영국의 소설가 겸 전기 작가로. 첫 소설 『메리 바턴(Mary Barton)』에서 빈민과 노동자의 참상을 다루었으며 샬럿 브론테의 첫 전기인 『샬럿 브론테 전기(The Life of Charlotte Brontë)』를 썼다.

그 주장이란 바로 여성이 소설을 쓰고자 한다면 돈과 자기만의 방이 필요하다는 것입니다. 그리고 앞으로 알게 되겠지만, 이러한 까닭에 여성의 진정한 본질과 소설의 진정한 본질이라는 중대한 문제는 미해결로 남게 됩니다. 나는 이 두 문제에서 결론을 내려야 한다는 의무를 회피해 왔고 내 입장에서 여성과 소설은 여전히 해결되지 못한 문제입니다. 그러나 조금이나마 보상을 하고자, 여러분에게 내가 어떻게 방과 돈에 대한 지금의 의견을 갖게 되었는지 보여 주도록 최선을 다하겠습니다. 이렇게 생각하도록 나를 이끈 그 생각의 과정을 가능한 온전히 그리고 아낌없이 여러분 앞에서 전개할 것입니다. 이 의견의 배후에 존재하는 나의 생각과 편견을 숨김없이 드러내면 여러분은 그것이 여성과도, 소설과도 조금씩 관련이 있다는 사실을 알게 될 것입니다. 어쨌든 대단히 논란이 많은 주제일 때는(성에 대한 문제는 무엇이건 그렇지요) 곧이곧대로 말할 수 없는 노릇이에요. 그저 자신이 주장하는 의견이 무엇이건 어떻게 그 의견을 갖게 되었는지를 알려 줄 수 있을 따름이지요. 청중이 강연자의 한계와 편견과 성향을 지켜보며 나름대로 결론을 도출하도록 기회를 줄 수 있을 뿐입니다. 이런 점에서 소설에는 사실보다 진실이 더 많이 담겼을 가능성이 있습니다. 따라서 나는 소설가로서 모든 자유와 파격을 이용해 이 자리에 오기 전 이틀 동안 일어난 이야기를 들려줄 생각입니다. 여러분이 내 어깨에 지운 그 주제의 무게에 짓눌려 내가 그 주제를 어떻게 숙고했고 일상 안팎에서 어떻게 풀어 나갔는지를 말이에요. 내가 이제 묘사하려는 것이 실재가 아님은 말할 필요도 없겠지요. 옥스브리지는 허구입니다. 퍼넘 대학도 마찬가지입니다. '나'는 가공의 어떤 인물을 가리키는 편리한 용어일 뿐입니다. 내 입술에서는 거짓말이 흘러나오겠지만 어쩌면 그 가운데 약간의 진실이 섞여 있을지도 모릅니다. 이 진실을 찾아내고 그중 어떤 부분이건 간직할 가치가 있을지 결정하는 것은 여러분의 몫입니다. 그럴 가치가 없다면 당연히 여러분은 이것을 통째로 휴지통에 던져 넣고 까맣게 잊어버리겠지요.

자, 나는(나를 메리 비턴이나 메리 시턴, 메리 카마이클 혹은 원하는 아무 이름으로 부르세요. 그것은 전혀 중요한 문제가 아닙니다) 한두 주일 전 화창한 10월의 어느 날 강둑에 앉아 생각에 잠겨 있었습니다. 내가 말했던 그 굴레, 온갖 편견과 격정을 불러일으키는 '여성과 소설'이라는 주제에 대해 반드시 어떤 결론을 내려야 한다는 생각 때문에 머리를 숙이고 있었지요. 양옆에서는 어떤 덤불이 마치 불길에 뜨겁게 타오르는 것처럼 황금색과 진홍색으로 빛났습니다. 저 먼 강둑에서는 버드나무들이 머리칼을 어깨에 드리우고 끝없는 비탄에 잠겨 흐느끼고 있었습니다. 강물은 하늘과 다리와 타오르는 나무 등 무엇이든 골라 투영했고, 어느 대학생이 노를 저어 그 투영된 그림자를 가르며 지나갔으나 그림자는 마치 아무도 지나간 적 없었던 것처럼 다시 온전한 모습을 회복했습니다. 생각에 잠겨 온종일 앉아 있을 만한 곳이었어요. 사색(실제보다 좀 더 내세울 만한 이름을 붙이자면)이 강물 속에 그 낚싯줄을 드리웠습니다. 낚싯줄은 그림자와 수초 사이에서 계속 이리저리 흔들리면서 물결을 따라 오르내렸습니다. 그러다(살짝 입질이 오는 느낌을 아시겠지요) 낚싯줄 끝에 갑작스레 어떤 생각이 모여들었습니다. 그래서 그것을 조심조심 끌어 올려 신중하게 바깥에 내려놓았습니다. 아아, 풀밭 위에 놓아두니 나의 그 생각이 얼마나 작고 초라해 보였는지! 훌륭한 어부라면 언젠가 요리해 먹을 수 있을 만큼 좀 더 살이 오르도록 강으로 되돌려 보낼 만한 부류의 물고기였습니다. 지금은 그 생각이 무엇이었느냐는 문제로 여러분을 괴롭히지 않겠지만, 주의 깊게 살펴본다면 앞으로 내가 이야기하는 동안 여러분 스스로 그것을 찾아낼 수 있을 것입니다.

그러나 제아무리 작은 것이었다 해도 나름의 신비스러운 속성이 있어서 머릿속으로 되돌려 보내자 즉시 매우 흥미롭고 중요한 것이 되었습니다. 휙 하고 물속에 뛰어들어 잠수했다가 이리 번쩍 저리 번쩍 격랑을 일으켜 대니 그 생각 때문에 잠자코 앉아 있을 수 없을 지경이었지요. 그 탓에 나는 어느새 풀밭을 가로지르며 몹시 빠르게 걷고 있었습니다. 순간 나를 막으려는 어떤 남자의 모습이 눈에 들어왔습니다. 처음에는 모닝코트에 이브닝셔츠를 입은 별난 형체의 요란한 몸짓이 나를 겨냥한 것인 줄은 몰랐어요. 그의 얼굴은 경악과 분노를 표출하고 있었습니다. 이성보다는 본능이 나를 도왔으니, 그는 대학 교직원이었고 나는 여자였던 것입니다. 이곳은 잔디밭이었고 보행로는 저쪽에 있었습니다. 여긴 대학 연구원과 학자에게만 허용된 곳이고, 내가 있어야 할 곳은 자갈길이구나. 그런 생각이 순식간에 떠올랐습니다. 내가 보행로로 되돌아가자 교직원은 팔을 내렸고 얼굴은 평소처럼 평온한 표정을 회복했으며, 자갈길보다는 잔디밭이 걷기에 더 낫긴 하지만 나로서는 큰 피해를 본 것은 아니었습니다. 그곳이 어떤 대학이건 내가 그곳의 연구원들과 학자들에게 던질 수 있는 유일한 비난은 삼백 년 동안 쉬지 않고 물결친 그들의 잔디밭을 보호한답시고 내 작은 물고기를 보이지 않게 쫓아 버렸다는 점이었습니다.

나로 하여금 그토록 대담한 무단 침입을 하게 만들었던 생각이 무엇이었는지 더는 떠올릴 수가 없더군요. 평화의 정령이 구름처럼 하늘에서 내려왔습니다. 평화의 정령이 어디엔가 거한다면, 그곳은 바로 화창한 10월 아침 옥스브리지의 네모난 교정입니다. 그 오래된 복도를 지나 대학 건물들 사이를 거닐자 바로 전의 불쾌한 기분이 사라지는 것 같았습니다. 몸은 어떤 소리도 꿰뚫을 수 없는 불가사의한 유리 장식장 속에 들어 있는 것 같았고 현실과의 접촉에서 해방된 정신은 (잔디밭을 다시 침범하지만 않는다면) 그 순간과 어울리는 어떤 사색에든 자유로이 정착하려 했습니다. 우연히도, 긴 방학 끝에 옥스브리지를 다시 찾아왔다는 내용이 담긴 옛 수필이 문득 떠오르며 찰스 램*을 생각하게 되었습니다. 새커리**는 램이 쓴 어느 편지를 이마에 대며 '성 찰스'라고 말했다더군요. 참으로 모든 죽은 자들 중에서(지금 나는 생각이 떠오르는 대로 말하는 중입니다) 램은 나와 마음이 가장 잘 맞는 사람입니다. "수필 쓰는 법을 가르쳐 주시겠어요?"라고 묻고 싶은 상

---

*Charles Lamb(1775~1834): 영국의 수필가로 그의 대표작 『엘리아 수필집 (Essays of Elia)』은 영국 수필문학의 백미로 꼽는다.
**William Makepeace Thackeray(1811~1863): 19세기의 영국의 대표적인 소설가로 『허영의 시장(Vanity Fair)』, 『헨리 에스몬드(The History of Henry Esmond)』 등의 걸작을 남겼다.

대지요. 내 생각에 그의 수필은 완벽하기 그지없는 맥스 비어봄의 수필보다 훨씬 뛰어나니까요. 제멋대로 빛나는 그 상상력, 중간중간 번개처럼 번뜩이는 그 천재성이 글을 흠 있고 불완전한 것으로 만들지만 동시에 별처럼 반짝이는 시를 글 곳곳에 흩뿌려 놓지요. 램이 옥스브리지에 온 때는 아마 백 년 전일 것입니다. 분명 그는 수필을 하나 썼는데(제목은 기억나지 않는군요) 이곳에서 본 밀턴의 어떤 시 사본에 대한 내용이었습니다. 아마 「리시다스」였던 것 같은데, 램은 「리시다스」에 나오는 어떤 단어든 지금과 달랐을지 모른다는 생각이 들어 몹시 충격을 받았다고 썼습니다. 밀턴이 그 시에 나오는 단어를 바꾼다고 생각만 해도 램에게는 일종의 신성모독처럼 느껴졌습니다. 덕분에 나는 내가 떠올릴 수 있는 「리시다스」의 내용을 기억해 내 밀턴이 바꾼 단어가 무엇이었으며 왜 바꾸었을지 즐거이 추측해 보았어요. 그때, 램이 보았던 그 원고가 고작 오백 야드 떨어진 곳에 있으니 램의 발자취를 따라 네모난 교정을 가로질러 그 보물이 보관된 저 유명한 도서관에 가 볼 수 있겠다는 생각이 떠올랐지요. 게다가 이 계획을 실행에 옮기자 새커리의 『헨리 에스몬드』 역시 다름 아닌 이 유명한 도서관에 보관되었다는 사실이 기억났습니다. 비평가들은 흔히 『헨리 에스몬드』가 새커리의 가장 완벽한 소설이라고 말합니다. 그러나 내가 기억하는 바로는 18세기의 것을 모방해 허세를 부린 문체가 걸림돌입니다. 18세기의 문체가 새커리에게 정말로 자연스러운 것이었다면 모르지만요. 이는 그 원고를 보며 문체를 위해 개작을 했는지 의미를 위해서 그랬는지를 살핀다면 입증될 사실입니다. 그

14

러나 그러려면 문체가 무엇이고 의미가 무엇인지 결정해야 할 텐데, 이 문제는…… 그러나 이 무렵 실제로 나는 도서관으로 통하는 문 앞에 있었습니다. 내가 그 문을 열었던 게 분명합니다. 왜냐하면 그 즉시, 흰 날개 대신 검은 가운을 휘날리며 길을 막는 수호천사처럼, 친절한 은발의 신사가 비난하는 표정으로 물러서라고 손짓하면서, 낮은 목소리로 유감스럽다는 듯이 여성은 대학 연구원을 동반하거나 소개장을 갖추어야만 도서관에 들어올 수 있다고 말했기 때문입니다.

유명한 도서관이 한 여성에게 저주받았다 한들 유명한 도서관으로서는 아랑곳하지 않을 문제겠지요. 가슴속에 그 모든 보물을 안전하게 가둬 둔 채 도서관은 장엄하고 평온한 모습으로 만족스러운 듯이 잠들었고 나에게는 영원히 그렇게 잠든 상태일 것입니다. 화가 나 계단을 내려오며 나는 다시는 그 고요를 깨뜨리지 않겠노라, 다시는 그런 환대를 요구하지 않겠노라 맹세했습니다. 오찬까지 아직 한 시간이 남았는데 무엇을 해야 할까? 풀밭을 거닐까? 강가에 앉을까? 정말이지 아름다운 가을 아침이었습니다. 나뭇잎들이 붉게 흩날리며 바닥으로 떨어져 내렸습니다. 둘 중 무엇을 하든 큰 어려움은 없었습니다. 그러나 음악 소리가 내 귓가에 닿았습니다. 예배나 축전이 시작되려는 모양이었습니다. 내가 예배당 문 앞을 지나갈 때 오르간이 웅장하게 슬픔을 호소했습니다. 그 평온한 공기 속에서는 기독교의 비탄조차 비탄 그 자체라기보다 비탄을 회고하는 소리처럼 들렸습니다. 오래된 오르간의 신음조차 평화에 감싸인 것 같았어요. 내게 권리가 있다고 해도 들어

가고 싶은 생각은 없었습니다. 이번에는 교회 관리인이 나를 막아서며 아마 세례 증명서나 주임 사제의 소개장을 요구했을 테니 말입니다. 그러나 이 장엄한 건물들의 외부는 흔히 내부만큼이나 아름답습니다. 게다가 신도들이 모여들어 벌집 입구에 모인 벌들처럼 예배당 문 앞에서 바쁘게 들어왔다가 다시 나가는 모습을 지켜보기만 해도 충분히 재미있었습니다. 많은 이들이 모자를 쓰고 가운을 입었더군요. 어떤 이들은 모피로 만든 술을 어깨에 늘어뜨리고 있었고요. 어떤 이들은 휠체어를 타고 왔습니다. 어떤 이들은 중년이 채 지나지 않았는데도 구겨지고 짓이겨진 듯이 굉장히 특이한 모습이라서, 힘겹게 몸을 끌어 올려 수족관 모래밭을 넘어가는 거대한 게와 가재가 떠올랐습니다. 내가 벽에 기대 선 동안, 정말이지 그 대학은 런던 스트랜드 거리 보도에 내버려 두고 생존 경쟁을 해 보라고 한다면 금세 흔적만 남고 말 희귀종들을 보존하는 성역처럼 보였습니다. 늙은 사제들과 늙은 대학 교수들에 대한 옛 이야기들이 머릿속에 떠올랐지만, 내가 휘파람을 불 용기를 끌어모으기도 전에(휘파람 소리가 들리면 어느 늙은 교수가 즉시 전속력으로 달려왔다는 이야기가 있었어요) 덕망 높은 신도들은 안으로 사라져 버렸습니다. 예배당 외부는 그대로 남아 있었습니다. 알다시피 그 높은 반구형 지붕과 첨탑은 결코 어딘가 도착하지 않고 늘 항해만 하는 돛단배처럼, 밤에 불을 밝힌 모습이 언덕에서 멀리 떨어진 몇 마일 밖에서도 보입니다. 짐작컨대 한때는, 반지르르한 잔디밭을 갖춘 이 네모난 교정과 거대한 건물들과 예배당까지도 늪이었을 것이며, 그곳에서는 풀이 물결치고 돼지가 코로 땅을 파헤쳤을 것입니다. 내 생각에 분명 수많은 말과 소가 무리지어 먼 지방에서부터 수레에 돌을 실어 왔을 것이고, 내가 지금 서 있는 그늘을 드리운 큰 회색 벽돌들을 차곡차곡 쌓느라 끝없는 노동이 이어졌을 것입니다. 그다음에는 도장공들이 창문에 끼울 유리를 가져오고 석공들은 수백 년 동안 저 지붕 위에서 접합제와 시멘트, 삽과 흙손을 가지고 바쁘게 지냈을 것입니다. 토요일마다 누군가가 가죽 지갑에서 꺼낸 금화와 은화를 일꾼들의 늙은 손아귀에 부어 주었을 것입니다. 아마 하루 저녁 정도는 그들도 맥주를 마시며 구주희*를 했을 테니 말입니다. 아마도 끝없는 물결처럼 금화와 은화가 이 교정으로 끝없이 흘러들어, 이 돌들을 실어 오고 석공들이 땅을 평평하게 고르고 도랑을 파고 흙을 캐내고 배수하는 등 일을 계속할 수 있게 해 주었을 것입니다. 그러나 당시는 신앙의 시대였으니 깊은 토대 위에 이 돌들을 세우도록 아낌없이 돈을 들이부었을 것입니다. 그리고 이 돌들이 높이 쌓이자 이곳에서 찬송가를 부르고 학생을 가르치기 위해 왕과 여왕과 귀족들은 금고에서 훨씬 더 많은 돈을 꺼내 들이부었습니다. 토지를 하사하고 소작료를 걷었습니다. 신앙의 시대가 지나가고 이성의 시대가 왔지만, 여전히 금화와 은화의 물결은 변함없이 지속되었습니다. 연구 기금이 만들어지고 강좌 기금이 기부되었지요. 다만 이제 금화와 은화는 왕의 금고에서 흘러나온 것이 아니라 상인과 제조업자의 궤에서, 말하자면 사업으로 떼돈을 번 뒤 자신에게 그

*아홉 개의 핀을 세워 놓고 공을 굴려 쓰러뜨리는 놀이로 현대 볼링의 전신.

17

기술을 가르쳐 준 대학에 더 많은 의자와 더 많은 강좌 기금, 더 많은 연구 기금을 기부하고자 재산의 상당 부분을 환원한 사람들의 지갑에서 흘러나왔습니다. 이리하여 몇 세기 전에는 잡초가 물결치고 돼지가 코를 박던 곳에 도서관과 실험실과 관측소가 들어섰고 현재 유리 선반에 놓인 값비싸고 정교한 기구들이 멋들어지게 갖춰졌습니다. 확실히 교정을 여기저기 거닐어 보니 금화와 은화로 만든 토대는 충분히 깊어 보였어요. 야생 풀밭 위로 보도가 견고하게 놓여 있었습니다. 머리에 쟁반을 얹은 남자들이 이 계단 저 계단 바쁘게 돌아다녔습니다. 창가 화단에는 현란한 꽃들이 피어 있었습니다. 건물 속 여러 방에서 축음기의 선율이 요란하게 울려 나왔습니다. 생각에 잠기지 않을 수 없었습니다…… 그러나 그것이 어떤 생각이었건 중단되고 말았어요. 시계가 울렸고 오찬에 참석하러 갈 시간이었으니까요.

기묘하게도 흔히 소설가들은 오찬 모임이란 반드시 재치 넘치는 말이나 매우 현명한 행위로 잊지 못할 인상을 주는 법이라고 믿게 만듭니다. 그러나 무엇을 먹었는지에 대해서는 거의 한 마디도 하지 않습니다. 수프와 연어와 새끼 오리 고기를 거론하지 않는 것이 소설가들의 관습 중 하나입니다. 마치 수프와 연어와 새끼 오리 고기가 눈곱만큼도 중요하지 않다는 듯이, 누구도 담배를 피우거나 와인을 마시지 않았다는 듯이 말이에요. 하지만 여기에서 나는 임의로 그 관습을 무시하고 이번 오찬이 오목한 접시에 담긴 가자미로 시작되었다는 사실을 말하려고 합니다. 대학 요리사가 새하얀 크림을 침대보처럼 가자미 위에 덮었지만 사슴 옆구

리의 반점처럼 여기저기 갈색 반점이 드러나더군요. 그 뒤로는 자고새가 나왔는데, 털을 벗긴 갈색 새 두 마리가 접시에 놓인 줄로 생각한다면 착각입니다. 다양한 자고새 요리가 톡 쏘는 맛과 달콤한 맛을 내는 온갖 소스와 샐러드를 거느리고 차례차례 등장했지요. 감자는 동전처럼 얇았지만 그렇게 딱딱하지 않았습니다. 싹양배추는 장미 봉오리처럼 잎으로 뒤덮였지만 장미보다는 촉촉했습니다. 고기구이와 그 부식들을 다 먹어 치우자마자 말없이 시중을 들던 대학 교직원으로 짐작되는 남자가 더욱 온화한 표정으로, 냅킨에 에워싸인 탓에 바다에서 설탕을 통째로 끌어 올린 것처럼 보이는 당과를 우리 앞에 놓았습니다. 그것을 푸딩이라고 부르면서 쌀과 타피오카*와 연관 짓는다면 모욕일 것입니다. 그사이 와인 잔들은 노란색과 붉은색으로 빛났다가, 비워졌다가, 다시 채워졌습니다. 이리하여 척추를 타고 절반쯤 내려간 지점, 영혼이 자리 잡은 곳에 조금씩 불이 붙었습니다. 그것은 입술 위를 불쑥불쑥 드나들 때마다 우리가 '재기'라고 부르는 그 날카롭고 가벼운 전깃불이 아니라 더 심오하고 미묘하며 은근한 빛으로, 이성적인 교류에서 비롯된 샛노란 불꽃입니다. 서두를 필요는 없습니다. 반짝거릴 필요도 없습니다. 자신이 아닌 다른 사람이 될 필요도 없습니다. 우리는 모두 천국에 갈 것이며 반다이크도 동행할 것입니다.** 다시 말해 좋은 담배에 불을 붙이고 창가 의자의 쿠션 사이

---

*푸딩을 만들 때 넣은 농화제.
**반다이크(Anthony Van Dyck, 1533~1641)는 17세기 플랑드르의 화가로 루벤스와 함께 바로크시대 최고의 초상화가이다. 울프의 이 문장은 반다이크의 화풍을 계승한 18세기 영국화가 토머스 게인즈버러의 마지막 말로 추측된다.

에 몸을 파묻고 있노라니 인생이 얼마나 만족스럽게 보이던지, 그 보상이 얼마나 달콤하던지, 이런저런 원망과 불만이 얼마나 하찮게 느껴지던지, 같은 부류의 사람들과 나누는 우정과 교제가 얼마나 경이롭던지!

다행히 재떨이가 곁에 있었다면, 그래서 재를 창밖으로 툭툭 털어 버리지 않았다면, 상황이 당시의 현실과 조금 달랐더라면, 나는 아마 꼬리 없는 고양이를 보지 못했을 것입니다. 불시에 나타난 그 꼬리 잘린 짐승이 사뿐사뿐 걸음을 옮기며 안뜰을 지나는 광경에, 우연히 무의식적 지성이 발동했는지 내 감정의 빛이 달라졌습니다. 마치 누군가 무심코 갓을 씌워 버린 것만 같았지요. 아마 그 훌륭한 백포도주가 손아귀에서 힘을 빼는 중일지도 몰랐습니다. 확실히 그 맨섬 고양이가 자기 또한 우주에 의문이 있다는 듯이 잔디밭 가운데에 멈춰선 모습을 지켜보자 무엇인가 결핍된 것 같았고 무엇인가 달라진 것처럼 보였습니다. 그러나 무엇이 결핍되었고 무엇이 다른 것일까, 하고 나는 대화를 들으며 스스로에게 물었지요. 그리고 그 질문에 답하기 위해서는 이 방을 벗어나 과거로 실제로는 전쟁 이전으로 돌아갔다고 생각하며, 이런 방과 그다지 멀지 않은 방에서 열렸으나 이와는 달랐던 다른 오찬 모임의 모습을 눈앞에 그려 봐야 했습니다. 모든 것이 달랐습니다. 그 사이 젊은 남녀로 구성된 많은 손님들 사이에서는 대화가 계속되었습니다. 대화는 순조롭게 계속되었어요. 기분 좋게, 막힘없이, 즐겁게 계속되었지요. 그리고 대화가 지속되는 동안 다른 대화를 배경에 두고 그 대화를 들으며 둘을 함께 비교해 보았더니, 현재의 대화는 다른 대화의 후예, 즉 정당한 계승자임이 분명했습니다. 변한 것은 없었습니다. 달라진 것도 없었고 다만 나는 여기에서 귀를 쫑긋 세우고 대화의 내용뿐 아니라 그 배후에 존재하는 잡음과 흐름까지 전부 귀담아 들었습니다. 그래요, 바로 그것이었습니다. 변화는 거기에 있더군요. 전쟁 전 오찬 모임에서도 이와 비슷한 사람들이 정확히 같은 이야기를 나누었겠지만 귀에는 다르게 들렸을 텐데, 그 시절에는 일종의 콧노래 소리, 즉 분명하지는 않지만 음악 같은 흥겨운 소리가 곁들여져 말 자체의 뜻이 달라졌기 때문입니다. 그런 콧노래 소리를 말로 표현할 수 있을까요? 시인이 도와준다면 가능할지 모릅니다. 옆에 책이 있어 펼쳤는데 정말이지 우연히 테니슨*의 시가 보였습니다. 내가 찾은 테니슨은 이렇게 노래하고 있었지요.

눈부신 눈물이 떨어졌네
문가에 핀 시계꽃에서.
그녀가 오네, 나의 비둘기, 나의 사랑.
그녀가 오네, 나의 생명, 나의 운명.
붉은 장미가 외치네. "그녀가 가까이 왔어, 가까이 왔어."
흰 장미가 흐느끼네. "그녀가 늦잖아."
참제비꽃이 귀 기울이네. "난 들려, 들린다고."

*Alfred Tennyson(1809~1892): 빅토리아 시대에 가장 사랑받은 시인 중 하나로 윌리엄 워즈워스의 뒤를 이어 계관 시인이 되었다.

그리고 백합이 속삭이네. "난 기다려."*

이것이 전쟁 전 오찬 모임 때 남자들이 흥얼거리던 노래였을까요? 그렇다면 여자들은?

내 마음은 노래하는 새
물 댄 어린 가지에 둥지를 지었네.
내 마음은 사과나무
풍성한 열매로 가지가 휘었네.
내 마음은 무지갯빛 조개
평온한 바다에서 물장구치네.
내 마음은 이 모든 것보다 기쁘니
내 사랑이 내게 왔기 때문이라네.**

이것이 전쟁 전 오찬 모임 때 여자들이 흥얼거리던 노래였을까요?
전쟁 전 오찬 모임 때 사람들이 이런 노래를 나지막이 흥얼거렸다고 생각하니 왠지 우스워 나는 웃음을 터뜨리고 말았습니다. 그리고 잔디밭 가운데 있는 그야말로 약간 우스꽝스러워 보이는 그 가여운 짐승, 꼬리 없는 맨섬 고양이를 가리키며 웃음을 해명해야 했습니다. 고양이는 정말 그런 모습으로 태어났을까요, 아니면 사고로 꼬리를 잃었을까요? 어떤 이들은 꼬리 없는 고양이가 맨섬

*알프레드 테니슨, 〈모드(Maud)〉 중에서.
**크리스티나 로세티, 〈생일(A Birthday)〉 중에서.

에 있다고 하지만 생각보다 보기 드물답니다. 기묘한 동물로, 아름답다기보다는 진기하지요. 오찬 모임이 끝나면 사람들은 각자 외투와 모자를 찾으며 꼬리가 없다고 저렇게 달라 보이다니 이상한 일이지, 라는 등등의 말을 나누겠지요.

　이번 모임은 주최자의 환대로 오후 늦게까지 계속되었습니다. 아름다운 10월의 하루가 저물어 가고 내가 걷는 가로수 길에 낙엽이 떨어져 내렸습니다. 등 뒤에서는 문이 하나씩 부드럽지만 단호하게 닫히는 듯했습니다. 무수한 대학 교직원들이 무수한 열쇠를 기름칠이 잘된 자물쇠에 끼워 넣고 있었습니다. 보물창고가 또 하룻밤을 보내려 문단속을 하는 중이었지요. 가로수 길을 지나면 큰길이 나오는데(그 길 이름은 기억이 나질 않는군요) 그 길을 따라가다가 오른쪽으로 방향을 돌리면 퍼넘 칼리지에 이릅니다. 그러나 시간은 많았습니다. 저녁 식사는 일곱 시 반에나 시작되니까요. 그런 오찬 뒤에는 저녁을 건너뛰어도 될 테고요. 이상한 일이지만 머릿속에 시 한 구절이 떠오르면 다리가 그 운율에 맞추어 길을 따라 움직입니다. 그러니까

　　눈부신 눈물이 떨어졌네
　　문가에 핀 시계꽃에서.
　　그녀가 오네, 나의 비둘기, 나의 사랑.

이 시구가 내 핏속에서 노래하는 동안 나는 헤딩리를 향해 빠르게 걸음을 옮겼습니다. 그 뒤에, 물결이 강둑을 때리는 곳에서는 다

른 박자로 바꾸어 노래했습니다.

> 내 마음은 노래하는 새
> 물 댄 어린 가지에 둥지를 지었네.
> 내 마음은 사과나무

정말 굉장해! 나는 황혼이 질 때 사람들이 그러듯이 큰 소리로 외쳤습니다. 정말 굉장한 시인들이야!

이런 비교는 어리석고 터무니없는 것이지만, 나는 우리 시대를 떠올리고 일종의 질투심을 느꼈는지, 살아 있는 시인들 중에서 솔직히 그 시절의 테니슨과 크리스티나 로세티*만큼이나 위대한 시인의 이름을 댈 수 있을까, 생각하게 되었습니다. 그 둘과 비교하는 건 보나 마나 불가능한 일이라고, 나는 거품이 이는 그 물결을 들여다보며 생각했습니다. 그 시가 우리에게 그런 탐닉, 그런 환희를 불러일으키는 까닭은 바로 우리가 한때(아마도 전쟁 전 오찬 모임에서) 느꼈던 어떤 감정을 칭송하기 때문에, 애써 감정을 억누르거나 현재의 어떤 감정과 비교하지 않고, 편안하고도 친근하게 반응하기 때문입니다. 그러나 살아 있는 시인들은 지금 우리를 이루는 감정, 우리를 쥐어뜯는 감정을 표현하지요. 처음에 우리는 그 감정을 인식하지 못해요. 보통은 어떤 까닭인지 그 감정을 두려워합니다. 우리는 그 감정을 날카롭게 바라보며 질투와 의심에

---

*Christina Rossetti(1830~1894): 영국의 대표적인 여성 시인 중 하나로 서정시에 뛰어났다.

싸여 우리가 알았던 옛 감정과 비교해요. 그리하여 현대 시는 난관에 봉착하게 됩니다. 그리고 이 난관 때문에 우리는 훌륭한 현대 시인의 시라도 연달아 두 줄 이상 기억하지 못합니다. 이런 까닭에(내가 현대 시를 기억해 내지 못했으므로) 논쟁은 자료 부족으로 시들해지고 말았습니다. 그러나 나는 헤딩리를 향해 걸음을 옮기며 질문을 계속했습니다. 우리는 왜 오찬 모임에서 나지막이 부르던 콧노래를 그만두었을까요? 왜 알프레드 테니슨은 노래를 그만두었을까요?

그녀가 오네, 나의 비둘기, 나의 사랑.

왜 크리스티나 로세티는 대답을 멈추었을까요?

내 마음은 이 모든 것보다 기쁘니
내 사랑이 내게 왔기 때문이라네.

전쟁을 비난해야 할까요? 1914년 8월, 발포가 시작되었을 때 남녀의 얼굴이 서로의 눈에 너무나 매력 없이 비쳐서 연애 감정이 죽어 버린 것일까요? 번쩍이는 포화 속으로 보이는 우리 통치자들의 얼굴은 (특히 교육과 그 비슷한 것에 대해 환상을 품은 여자들에게) 분명 충격이었습니다. 그들, 그러니까 독일인과 영국인과 프랑스인은 매우 추해 보였고 매우 어리석어 보였습니다. 그러나 우리가 어디에 비난을 돌리고 누구를 비난하건, 테니슨과 크리스티나 로세티로 하여금 가까이 온 연인에 대해 그토록 열정적으로 노래하도록 영감을 준 환상은 예전보다 훨씬 드물어졌습니다. 이제는 그저 읽고, 보고, 듣고, 기억할 따름입니다. 그러나 왜 '비난'이라고 말해야 하나요? 그것이 환상이었다면, 환상을 무너뜨리고 그 자리에 진실을 세워 준 재앙을, 그게 무엇이든 칭송해야 하지 않을까요? 왜냐하면 진실은…… 이 말줄임표는 내가 진실을 찾느라 퍼넘으로 이어지는 갈림길을 놓쳤다는 표시예요. 그래요, 정말이지, 무엇이 진실이고 무엇이 환상일까요? 나는 자문해 보았습니다. 예를 들어, 이 집들은 황혼에 붉게 물든 창문 때문에 지금은 어슴푸레하고 크리스마스 분위기가 나지만, 아침 아홉 시에는 사탕이며 신발 끈이 매달려 조악하고 뻘겋고 지저분할 텐데 어느 쪽이 진실일까요? 또 버드나무와 강과 강까지 펼쳐진 정원은 지금은 그 위를 슬그머니 뒤덮은 안개 때문에 흐릿해 보이지만 햇빛 속에서는 금색과 붉은색으로 반짝일 텐데, 어느 쪽이 진실이고 어느 쪽이 환상일까요? 헤딩리로 가는 길에서 어떤 결론도 내리지 못했으므로 내 생각의 우여곡절에 대해서는 굳이 말하지 않겠습니다. 부디 내가 갈림길을 지나친 실수를 금세 깨닫고 발길을 되돌려 퍼넘으로 향했다고 생각해 주기 바랍니다.

이미 10월의 어느 날이라고 말했기에, 계절을 바꾸어 정원 담벼락에 매달린 라일락이나 크로커스, 튤립 및 다른 봄꽃을 묘사해서 감히 소설에 대한 여러분의 경의를 강탈하거나 소설의 명성을 위태롭게 하지는 않겠습니다. 소설은 사실에 충실해야 하고 사실이 정확할수록 더 좋은 소설이라고 우리는 배웠지요. 따라서 지금은 여전히 가을이며 여전히 노란색인 낙엽이 떨어지고 있었습니다. 다른 점이 있다면 낙엽이 전보다 조금 빠르게 떨어지고 있었는데, 이제는 저녁이 되었고(정확히는 일곱 시 이십삼 분) 산들바람(정확히는 남서풍)이 불어온 뒤였기 때문입니다. 그러나 그렇다 하더라도 뭔가 이상한 일이 벌어지고 있었어요.

내 마음은 노래하는 새
물 댄 어린 가지에 둥지를 지었네.
내 마음은 사과나무
풍성한 열매로 가지가 휘었네.

그 어리석은 상상(당연히 상상일 뿐이었지요)은 부분적으로 아마 크리스티나 로세티의 시구 때문이었을 텐데, 라일락이 정원 담벼락 위에서 꽃송이를 흔들고 멧노랑나비들이 사방팔방 빠르게 날아다니고 꽃가루가 공중에서 흩날리는 것만 같았습니다. 어느 방향인지 모르겠지만 바람이 불어왔고 반쯤 자란 나뭇잎들이 나부끼며 공중에 은회색 섬광이 번쩍였어요. 빛이 바뀌는 시간이었고 이때는 색깔이 강렬해지면서, 흥분하기 쉬운 심장의 박동처럼 창유리에서 자주색과 금색이 타오릅니다. 어떤 까닭인지 세상의 아름다움이 드러났다가 금세 사라지고 마는데(이때 나는 정원으로 들어갔어요. 어리석게도 문이 열려 있었고 근처에 직원도 보이지 않았기 때문입니다), 그렇게 금세 사라질 세상의 아름다움은 웃음과 고통이라는 양날로 심장을 조각냅니다. 봄의 황혼 속에서 퍼넘의 정원

27

이 황량하고 넓게 내 앞에 펼쳐졌는데, 길게 자란 풀 속에는 수선화와 초롱꽃이 곳곳에 내팽개쳐진 듯 피어 있었고 한창 때에도 가지런한 모습은 아니었을 테지만 지금은 바람결에 뿌리가 뽑힐 듯이 흔들거렸지요. 풍성하게 물결치는 붉은 벽돌 사이로 보이는, 배의 창문처럼 둥근 건물 창문들은 봄날의 구름이 빠르게 달아나자 레몬빛에서 은빛으로 바뀌었습니다. 누군가는 해먹 안에 누워 있었고 누군가는, 이런 빛 속에서는 보일 듯 말 듯한 유령 같은 모습으로 잔디밭을 달려갔으며(말릴 사람이 없었을까요?), 테라스에는 바람을 쏘이며 정원을 훑어보려고 잠시 나왔는지 구부정한 형체가, 넓은 이마와 허름한 복장 때문에 위협적이면서도 초라한 모습을 나타냈습니다. 혹시 그 유명한 학자, J— H—* 그녀일까요? 모든 것이 흐릿하면서도 강렬했습니다. 마치 별이나 칼이, 봄의 심장에서 갑자기 뛰어나온 끔찍한 현실이라는 섬광이 늘 그렇듯 황혼이 정원에 드리운 스카프를 조각조각 찢어 버린 것만 같았습니다. 왜냐하면 젊음이란……

내 수프가 나왔군요. 저녁 식사가 넓은 대식당에서 제공되는 중이었습니다. 봄은커녕 실은 10월 저녁이었습니다. 모두가 대식당에 모였습니다. 저녁 식사는 준비되었습니다. 수프가 나왔습니다. 평범한 고기 국물이었어요. 그 속에는 상상력을 불러일으킬 만한 것이 전혀 없었습니다. 그릇에 무늬가 있다면 투명한 국물을 통해 볼 수 있었을 것입니다. 그러나 무늬는 없었습니다. 다음으로

*제인 해리슨(Jane Harrison, 1850~1928): 문화인류학자이자 고대 그리스 로마 전문가로 여성 투표권을 위해 노력했고 울프의 큰 존경을 받았다.

채소와 감자를 곁들인 소고기가 나왔어요. 이 소박한 삼인조를 보니 질퍽거리는 시장에 진열된 소의 엉덩잇살과 끄트머리가 누렇게 시들어 오그라든 싹양배추, 흥정하며 값을 깎는 광경, 월요일 아침 망태기를 들고 나온 여자들이 연상되더군요. 양이 충분했고 광부들은 분명 이보다 더 적은 음식 앞에 앉아 있으리라 생각하니 인간의 일용할 양식에 대해 불평할 이유가 없었습니다. 다음으로 말린 자두와 커스터드 소스가 나왔습니다. 혹시 커스터드 소스가 부드러움을 가미해 줄지언정 말린 자두는 무자비한 채소(과일은 아니지요)이며 구두쇠의 심장처럼 질기고 팔십 년 동안 자기 자신에게도 가난한 이들에게도 와인이나 온정을 베풀지 않은 구두쇠의 혈관 속 액체 같은 즙이 배어 나올 따름이라고 불평하는 사람이 있다면, 그는 그 말린 자두조차 너그러이 받아들이는 사람들이 있다는 사실을 기억해야 합니다. 다음으로는 비스킷과 치즈가 나왔고 곧 물병이 이리저리 돌아다녔습니다. 비스킷은 원래 퍽퍽하기 마련인데 지금 나온 것들은 철저하게 비스킷다웠기 때문입니다. 그것이 전부였습니다. 식사는 끝났습니다. 모두 의자를 뒤로 밀며 일어났습니다. 식당 문은 왔다 갔다 하며 격렬히 흔들렸습니다. 곧 식당에서는 음식의 흔적이 말끔히 사라졌고 분명 다음 날 아침 식사를 위해서인 듯한 준비까지 끝났습니다. 복도 아래쪽과 계단 위쪽에서는 영국의 젊은이들이 발을 쿵쿵 구르며 노래를 부르고 있었습니다. 그리고 손님이자 이방인으로서(나는 트리니티나 서머빌, 거턴이나 뉴엠, 크리스트처치 대학에서와 마찬가지로 여기 퍼넘에서도 권리가 없었기에) '저녁 식사가 별로였어요.'라고 말하거나 (이때 우리, 그러니까 메리 시턴과 나는 그녀의 응접실에 있었지요) '여기에서 우리끼리 식사할 수는 없었을까요?'라고 말할 수는 없었지요. 이와 비슷한 어떤 말이라도 했다면 낯선 이에게 흥겹고 대담한 겉모습을 멋지게 내세우는 집의 은밀한 경제 사정을 내가 엿보고 조사했다는 뜻이 될 테니까요. 아니, 그런 말을 할 수는 없었습니다. 실제로 대화가 잠시 시들해졌습니다. 인체는 원래 마음과 몸과 두뇌가 결합된 상태로서 별개의 칸에 들어 있는 것이 아니며 앞으로 백만 년이 지나도 마찬가지일 테니, 훌륭한 대화를 하기 위해서는 훌륭한 저녁 식사가 매우 중요합니다. 저녁을 제대로 먹지 못하면 우리는 제대로 생각할 수도, 제대로 사랑할 수도, 제대로 잠을 잘 수도 없습니다. 쇠고기와 말린 자두로는 척추의 등불이 켜지지 않아요. 우리는 모두 '아마도' 천국으로 가는 중이며 다음 모퉁이를 돌 때 반다이크가 마중 나오는 것이 우리의 '희망'이지요…… 하루의 일을 끝내고 쇠고기와 말린 자두를 먹으면 마음이 이렇게 의심 많고 까다로워집니다. 과학을 가르치는 제 친구에게 다행히 땅딸막한 술병과 작은 유리잔이 놓인 찬장이 있었고(가자미와 자고새 요리부터 먹었으면 좋았겠지만), 그래서 우리는 난롯가로 다가가 그날을 살아가며 입은 상처를 약간 회복할 수 있었습니다. 우리는 금세 호기심과 흥미를 불러일으키는 그 모든 주제들 사이를 물 흐르듯 자유롭게 드나들었는데, 어느 특정한 사람이 없을 때 마음에 떠올랐다가 그 사람을 다시 만나자마자 자연스럽게 입 밖으로 나오는 주제들이었어요. 누구는 결혼했고 누구는 하지 않았다든지, 누구는 이렇게 생각하고 누구는 저렇게 생각한다든지, 누구는 학식을 쌓아 나아졌는데 누구는 놀랄 만큼 형편없어졌다든지…… 이런 이야기를 시작으로 대화는 자연스레 인간의 본성과 우리가 사는 놀라운 세상의 특징에 대한 고찰로 이어졌지요. 그러나 이런 이야기가 오가는 동안, 부끄럽게도 나는 어떤 흐름이 저절로 끼어들어 모든 것을 나름의 결말을 향해 밀고 나간다는 사실을 깨달았습니다. 스페인이나 포르투갈, 책이나 경주마에 대한 이야기를 나눌 때도 무슨 말을 하건 진짜 관심은 거기 있지 않고 약 오백 년 전에 높은 지붕 위에서 석공들이 일하던 장면으로 향했습니다. 왕과 귀족들이 거대한 자루에 재산을 담아 와 땅속에 쏟아부었지요. 이 장면이 내 머릿속에서 계속 되살아나며 말라빠진 암소와 질퍽거리는 시장과 시든 채소와 노인들의 질긴 심장도 나란히 떠올랐습니다. 관련이 없고 일관성도 없으며 무의미한 이 두 그림이 계속 동시에 되살아나 서로 싸워 댔고 나를 완전히 장악해 버렸습니다. 대화 전체가 왜곡될 가능성이 없다면, 가장 좋은 방법은 내 머릿속에 든 내용을 공중에 드러내는 것이고, 운이 좋다면 그것은 윈저 궁에서 죽은 왕의 관을 열었을 때 왕의 머리가 그랬듯이 가루가 되어 사라지겠지요. 그래서 나는 시턴 양에게 그 오랜 세월 동안 석공들이 예배당 지붕에서 일했으며, 왕과 여왕과 귀족들이 어깨에 금과 음이 든 자루를 메고 와서 땅속에 파묻었고, 우리 시대에는 재계의 거물들이 와서 아마 다른 이들이 금은괴와 금덩이를 놓았을 곳에 수표와 채권을 놓는다는 이야기를 간단히 들려주었어요. 그 모든 것이 저 아래, 대학 건물들 밑에 있어요, 라고 내가 말했습니다. 그러나 우리가 지금 앉아 있는 이 대학 건물, 이 당당한 붉은 벽돌과 야생 상태 그대로 흐트러진 정원 풀밭 밑에는 무엇이 있을까요? 우리가 저녁 식사 때 쓴 그 무늬 없는 사기그릇, 그리고 (막을 겨를도 없이 내 입에서 말이 튀어나왔어요) 쇠고기와 커스터드 소스와 말린 자두 뒤에는 어떤 힘이 존재하는 걸까요?

글쎄요, 하고 메리 시턴이 말했습니다. 1860년 무렵에는…… 아, 하지만 다 아시는 이야기잖아요, 하고 자세한 이야기를 늘어놓기에는 지루했는지 그녀가 말했습니다. 그리고 이런 이야기를 들려주었습니다. 방을 임대하고 위원회를 소집했어요. 봉투에 주소를 적었고 안내문을 작성했어요. 회의가 열렸고 편지를 낭독했지요. 아무개 씨가 거액을 약속했다는 내용이군요. 반대로 모 씨는 한 푼도 내놓지 않겠답니다. 〈새터데이 리뷰〉는 몹시 무례했어요. 사무실 운영 기금을 어떻게 마련할 수 있을까요? 바자회를 열어야 할까요? 앞줄에 앉힐 예쁜 아가씨를 찾을 수는 없나요? 존 스튜어트 밀이 이 문제에 대해 뭐라고 했는지 찾아봅시다. 편지를 실어 달라고 모 신문사 편집장을 누가 좀 설득해 주시겠어요? 아무개 부인의 서명을 받을 수 있을까요? 아무개 부인은 출타 중이시랍니다. 아마 육십 년 전에는 이런 식으로 일을 했을 테고, 막대한 노력이 들었고 어마어마한 시간을 쏟아야 했을 거예요. 그리고 오랫동안 발버둥 치며 어마어마한 어려움을 겪은 뒤에야 비로소 그 사람들은 삼만 파운드를 모았죠.*

---

*"적어도 삼만 파운드를 모아야 한다고 합니다…… 영국과 아일랜드와 식민지를 통틀어 이런 종류의 대학이 단 하나뿐일 거라는 사실을 고려하면, 그리고 남자학교를

그러니 분명 우리는 와인과 자고새 요리를 먹을 수 없고 머리 위에 양철 쟁반을 얹어 나르는 하인들을 둘 수도 없어요, 라고 시턴 양이 말했습니다. 우리는 소파를 둘 수도 없고 독립된 방을 가질 수도 없어요. "안락함은 미뤄 두어야 해요."라고 그녀는 어느 책을 인용해 말했습니다.*

이 모든 여성들이 몇 년 동안 일한 뒤에도 이천 파운드를 모으기 어렵다는 사실을 깨달았다는 생각을 하면서, 그리고 삼만 파운드를 모으기 위해 그 이상의 노력을 쏟았다는 생각을 하면서 우리는 우리 여성이 겪는, 비난받아 마땅한 가난에 냉소를 터뜨렸습니다. 우리 어머니들은 그때 무엇을 했기에 우리에게 물려줄 재산이 하나도 없었을까요? 코에 분을 바르고 있었을까요? 상점 진열대를 들여다보고 있었을까요? 몬테카를로에서 보란 듯이 볕을 쪼이고 있었을까요? 벽난로 선반에 사진이 몇 장 있었습니다. 시턴 양의 어머니(그녀의 사진이 맞는다면)는 여가 시간을 빈둥거리며 보냈을지도 모릅니다(교회 목사와 결혼해 열세 명의 자녀를 낳았지요). 그러나 그랬다 하더라도 그녀의 유쾌하고 방탕한 생활은 얼굴에 그 쾌락의 흔적을 전혀 남기지 않았더군요. 옷차림은 검소했습니다. 몸에 두른 격자무늬 숄을 커다란 카메오** 브로치로 고정한

세울 때 엄청난 자금이 얼마나 쉽게 모이는지를 고려하면, 이는 큰 액수가 아닙니다. 그러나 여성이 교육받기를 진심으로 바라는 사람들이 얼마나 적은지를 고려하면, 이는 큰 금액이지요." ―레이디 스티븐, 『에밀리 데이비스와 거턴 대학』. (원주)
*"긁어모을 수 있는 돈은 동전 한 닢까지도 건축용으로 확보해 두었고 안락함은 미뤄 두어야 했다." ―R. 스트레이치, 『대의』. (원주)
**사람의 얼굴 등을 양각한 장신구.

노부인. 그녀는 버들가지를 엮어 만든 의자에 앉아 스패니얼이 카메라를 쳐다보도록 유도하고 있었는데 셔터를 누르는 순간 그 개가 움직일 거라는 사실을 잘 아는 사람처럼 즐겁고도 긴장된 표정이었습니다. 혹시 그녀가 사업을 했다면, 인견 제조업자나 증권거래소의 거물이 되었다면, 퍼넘 대학에 이삼십만 파운드를 남겨 주었다면, 우리는 오늘 밤 편히 앉아 고고학, 식물학, 인류학, 물리학, 원자의 성질, 수학, 천문학, 상대성 이론, 지리학 등을 주제로 이야기를 나눴을 것입니다. 시턴 부인과 그녀의 어머니, 그 어머니의 어머니가 그들의 아버지와 할아버지들처럼 돈 버는 훌륭한 기술을 배워 여성 전용 연구비와 강사 기금과 상금과 장학금을 제정하도록 돈을 남겼다면, 우리는 이 방에 따로 올라와 새 요리와 와인 한 병으로 매우 괜찮은 저녁 식사를 할 수 있었을 것입니다. 후한 기금을 받는 직업을 피난처로 삼아 즐겁고 명예로운 일생을 보낼 수 있으리라 기대했더라도 과도한 자부심은 아니었을 거예요. 우리는 탐험을 하거나 글을 쓰고 있었을 것입니다. 세계의 유서 깊은 장소들을 서성였을 것입니다. 파르테논 신전 계단에 앉아 사색에 잠기거나 열 시에 사무실에 출근했다가 네 시 반에 편안하게 귀가해 짧은 시라도 썼을 것입니다. 다만, 시턴 부인과 그 시절 여성들이 열다섯 살에 사업에 뛰어들었다면(이 주장의 난제가 바로 이것입니다만), 메리 시턴은 태어나지 않았을 것입니다. 메리는 이 점을 어떻게 생각하는지, 제가 물었습니다. 커튼 사이로 노랗게 물들어가는 나무에 별이 한둘 걸린, 고요하고 아름다운 10월의 밤이 펼쳐졌습니다. 서명 한 번으로 퍼넘 대학에 오만 파운드를 기부하기 위해, 메리는 그녀가 누리는 이 밤 풍경과 신선한 공기 그리고 훌륭한 케이크가 있다며 칭송을 그치지 않는 스코틀랜드에서 형제자매와 놀고 다투며 지내던 추억(이들은 대가족이었지만 행복한 가족이었으니까요)을 포기할 각오가 되어 있을까요? 한 대학에 기부를 하려면 반드시 가족의 규모를 억제해야 하기 때문입니다. 돈을 벌며 열세 명의 아이를 키우는 것…… 어떤 인간도 해낼 수 없지요. 사실을 고려하자고, 우리는 말했습니다. 우선 아기가 태어나려면 아홉 달이 걸립니다. 그 기간이 지나야 아기가 태어나지요. 그다음 서너 달은 아기를 먹이는 데 쓰입니다. 아기를 먹인 뒤에 틀림없이 오 년 동안은 아기와 놀아 주는 데 써야 합니다. 아이들이 길거리를 뛰어다니도록 내버려 둘 수는 없으니까요. 러시아에서 아이들이 마구 뛰어다니는 모습을 본 사람들은 그 광경이 유쾌하지 않다고 하더군요. 또 사람의 성격이 한 살과 다섯 살 사이에 형성된다는 말도 있지요. 시턴 부인이 돈을 벌었다면, 형제자매와 놀고 다투던 추억이 어떻게 달라졌을까요? 내가 말했습니다. 스코틀랜드와 그 멋진 공기와 케이크, 그리고 그 밖에 당신이 알고 있는 것들은 어떻게 달라졌을까요? 그러나 이런 질문을 던지는 건 쓸데없는 일이에요. 당신은 아예 존재하지 않았을 테니까요. 뿐만 아니라 시턴 부인과 그녀의 어머니, 그리고 그 어머니의 어머니가 막대한 부를 축적해 대학과 도서관의 토대를 다지는 데 썼다면 무슨 일이 일어났을지 질문하는 것도 마찬가지로 쓸데없는 일입니다. 첫째, 그들이 돈을 버는 것이 불가능했기 때문이고, 둘째, 가능했더라도 법률상 그들이 번 돈을 소유할 권리가 없었기 때문입니다. 시턴 부인이 동전 한 닢이라도 소유할 수 있게 된 것은 불과 사십팔 년밖에 되지 않았어요. 그 이전 수백 년 동안 돈은 남편의 재산이었을 것입니다. 어쩌면 시턴 부인과 그녀의 어머니, 할머니가 증권거래소를 멀리한 까닭은 일정 부분 이런 생각 때문이었는지도 모릅니다. 그들은 이렇게 말했겠지요. 내가 돈을 벌어도 모조리 빼앗겨 남편의 판단에 따라 처리될 거야⋯⋯ 아마 베일리얼 칼리지나 킹스 칼리지*에 장학금을 제정하거나 연구비를 세울 텐데, 돈을 벌 수 있다 하더라도 돈벌이는 내게 크게 흥미로운 일이 아니야. 그 일은 남편에게 맡겨 두는 게 낫겠어.

어쨌든, 스패니얼을 바라보는 노부인을 탓하건 하지 않건, 우리 어머니들이 이런저런 이유로 자신의 문제를 몹시도 잘못 처리했다는 점은 분명합니다. '안락함'을 위해서, 그러니까 자고새 요리와 와인, 대학 교직원과 잔디밭, 책과 담배, 도서관과 여가 활동을 위해 단 한 푼도 떼어 놓지 못했으니까요. 휑한 땅에 휑한 벽을 세우는 것이 그들이 할 수 있는 최선이었습니다.

그렇게 우리는 창가에 서서 이야기를 나누며 무수한 이들이 매일 밤 그러하듯이 우리 아래 펼쳐진 이름난 도시의 둥근 지붕과 탑들을 내려다보았습니다. 가을 달빛을 받아 몹시 아름답고 몹시 신비로웠어요. 오래된 돌은 매우 희고 장엄해 보였습니다. 거기 모인 그 모든 책들, 나무판자로 장식한 방에 걸린 옛 고위 성직자들과 명사들의 사진, 포장도로에 기묘한 동그라미와 초승달 무늬

---

*베일리얼 칼리지는 옥스퍼드 대학 소속, 킹스 칼리지는 케임브리지 대학 소속으로 모두 남자대학이다.

를 드리우곤 하는 채색 창문들, 명판과 기념비와 비문들, 분수와 잔디밭, 조용한 안뜰을 건너다보는 조용한 방들이 떠올랐습니다. 그리고(이런 생각을 해서 미안하지만) 감탄스러운 연기와 술과 푹신한 안락의자와 기분 좋은 양탄자도 떠올랐습니다. 호화로움과 사생활과 공간이 있어야 탄생하는 우아, 친절, 품위가 떠올랐습니다. 분명 우리의 어머니들은 이 모든 것에 견줄 만한 어떤 것도 우리에게 주지 않았습니다. 삼만 파운드를 긁어모으기가 어려운 일임을 깨달은 우리 어머니들, 세인트앤드루스에 사는 목사에게 자녀를 열세 명 낳아 준 우리의 어머니들은 말입니다.

그렇게 나는 숙소로 되돌아가려고 어두운 거리를 걸으며, 하루의 일을 마칠 때 흔히 그러하듯이 이런저런 생각에 빠졌습니다. 시턴 부인에게는 왜 우리에게 남겨 줄 돈이 없었는지, 가난이 마음에 어떤 영향을 미치는지, 부(富)가 마음에 어떤 영향을 미치는지 곰곰이 생각했습니다. 그리고 그날 아침 보았던, 모피 술을 어깨에 늘어뜨린 그 괴상한 노신사들을 생각했습니다. 휘파람을 불면 그중 한 명이 달려온다는 이야기도 떠올랐지요. 또 예배당에서 우렁차게 울리던 오르간과 도서관의 닫힌 문을 생각했습니다. 그리고 잠긴 문 밖에 있는 것이 얼마나 불쾌한지 생각했습니다. 잠긴 문 안에 있는 것이 어쩌면 더 나쁠 거라는 생각도 들었습니다. 그리고 한쪽 성이 누리는 안전과 번영, 다른 성이 겪는 가난과 불안, 작가의 마음에 전통이 미치는 영향과 전통의 부재가 미치는 영향을 생각하다 보니, 마침내 그날의 구겨진 껍질을 그날의 논쟁과 인상과 분노와 웃음과 함께 돌돌 말아서 덤불 울타리 속으로 던져 버릴 시간이라는 생각이 들었어요. 푸른 불모지 같은 하늘 곳곳에서 수많은 별들이 반짝였습니다. 불가사의한 세계에 홀로 남겨진 기분이었습니다. 모든 인간은 엎드리거나 바로 누워 말없이 잠들어 있었습니다. 옥스브리지 거리를 돌아다니는 사람은 아무도 없는 것 같았습니다. 호텔 문조차 보이지 않는 손이 건드린 듯 휙 열렸습니다. 침대까지 나에게 불을 비춰 줄 호텔 사환 하나 깨어 있지 않았으니, 몹시 깊은 밤이었습니다.

feel certain that I am going
again. I feel we can't go
gh another of those terrible times.
I shan't recover this time. I begin
hear voices, & can't concentrate.
I am doing what seems the best
thing to do. You have given
greatest possible happiness

2장

that would have been — I can't
this horrible disease came. I can't
fight it any longer. I know that I am
spoiling your life that without me
could work. And you will I know.
you I can't even write this properly.
read. What I want to say is
that all the happiness of my life has
been entirely patient with me
incredibly good. I want to say that
everybody knows it. If any body

이야기를 계속 따라와 준다면, 이제는 장면이 바뀌었습니다. 여전히 낙엽이 지고 있었지만, 이제는 옥스브리지가 아닌 런던입니다. 방을 하나 상상해 보시기 바랍니다. 수많은 방들처럼, 이 방에는 사람들의 모자와 화물차와 자동차를 지나 다른 창문들까지 시선이 닿는 창문이 있고, 방 안에 놓인 탁자에는 큰 글자로 '여성과 소설'이라고만 쓰인 백지가 있습니다. 옥스브리지에서 오찬과 저녁 식사를 마쳤다면 공교롭게도 대영 박물관 방문이 필연적인 결과처럼 보였습니다. 우리는 이 모든 인상 가운데서 개인적인 것과 우연한 것을 걸러 내 순수한 액체, 진리의 정수를 획득해야 합니다. 옥스브리지 방문과 오찬, 저녁 식사로 수많은 질문이 시작되었지요. 왜 남자는 와인을 마시고 여자는 물을 마셨는가? 왜 한쪽 성은 그토록 영화를 누리는데 다른 성은 그토록 빈곤한가? 가난이 소설에 미치는 영향은 무엇인가? 예술 작품을 창조하려면 어떤 조건이 반드시 필요한가? 무수한 질문이 한꺼번에 모습을 드러냈습니다. 그러나 필요한 것은 질문이 아니라 답이었어요. 그리고 답은 언어의 반발과 육체의 혼란을 뛰어넘어 자신들의 추론과 연구의 결과를 책으로 내놓은 박식하고 편견 없는 이들에게 조언을 구해야만 얻을 수 있을 터였고, 그 책들을 발견할 수 있는 곳이 대영 박물관이었지요. 대영 박물관 서가에서 진리를 찾을 수 없다면, 진리는 어디에 있단 말인가? 나는 공책과 연필을 챙기며 마음속으로 질문했습니다.

이렇게 채비를 하고 이런 확신과 탐구심에 가득 차, 나는 진리를 찾아 길을 나섰습니다. 그날은 실제로 비가 내리지는 않았지만 음침했고, 박물관 부근 거리에서는 다들 지하 석탄 창고를 열어 자루에서 석탄을 쏟아붓고 있었습니다. 사륜마차들은 멈춰 서서 포장도로에 끈으로 묶은 상자들을 내려놓는 중이었는데 짐작건대 그 속에는 성공할 길이나 도피처를 찾는 스위스인이나 이탈리아인 가족의 옷 전부, 아니면 겨울 블룸즈버리 하숙집에서 찾을 수 있는 다른 가치 있는 생필품이 들어 있겠지요. 평소대로 목이 쉰 남자들이 수레에 식물을 싣고 줄지어 지나갔습니다. 어떤 이들은 소리를 질렀고 어떤 이들은 노래를 불렀습니다. 런던은 공장 같았습니다. 기계 같았지요. 우리는 모두 무늬 없는 바탕 위를 떠밀려 오가며 어떤 무늬를 만들어 내는 중이었습니다. 대영 박물관은 공장의 또 다른 부서였습니다. 문이 활짝 열렸습니다. 거대한 둥근 지붕 아래로 들어서니 마치 유명한 이름들을 머리띠처럼 화려하게 두른 거대한 머릿속에 든 하나의 생각이 된 듯한 기분이 들더군요. 나는 안내대로 갔습니다. 종이 한 장을 받고 장서 목록이 실린 책을 펼쳤지요…… 이 점 다섯 개는 놀라움과 당혹감으로 일 분씩 다섯 번 망연자실했던 상황을 뜻합니다. 일 년 동안 여성에 대해 쓴 책이 얼마나 많이 출간되는지 혹시 알고 있나요? 남성이 쓴 책이 얼마나 많이 나오는지는요? 어쩌면 삼라만상 중에 가장 많이 논의되는 동물이 여러분이라는 사실을 알고 있습니까? 공책과 연필을 챙겨 여기 왔을 때, 오전 중에는 책을 읽고 오전이 끝날 무렵에는 내 공책에 그 진리를 옮길 수 있을 줄 알았습니다. 그러나 이 모든 상황에 대처하려면, 나는 동물 중에서 가장 오래 산다고 알려진 코끼리 떼가 되거나 눈이 가장 많이 달렸다고 하는 거미 떼가 되어야 할 것 같았습니다. 심지어 껍질을 파고드는 데만도 강철 발톱과 청동 부리가 필요할 지경이었습니다. 이 대량의 종이 더미 속에 박힌 진실의 알갱이들을 어떻게 찾을 수 있을까? 나는 마음속으로 질문하며 절망에 빠져 긴 표제 목록을 위아래로 훑어보기 시작했습니다. 책 제목조차 생각할 거리를 던져 주더군요. 성과 그 본질이라는 주제에 의사와 생물학자들이 관심을 보이는 것은 당연합니다. 그러나 놀랍고도 설명하기 어려운 점은 그 성, 즉 여성이라는 주제에 대해 쾌활한 수필가와 손재주 좋은 소설가, 석사학위를 받은 젊은 남자들, 학위가 없는 남자들, 자신이 여성이 아니라는 점을 제외하고는 특별한 자격이 전혀 없는 남자들도 관심을 보인다는 사실입니다. 이 책들 중에는 표면상 시시하고 경박해 보이는 것들도 있었습니다. 그러나 반면 진지하고 예언적인 책들과 교훈과 충고를 담은 책들도 많았습니다. 표제를 읽기만 해도 수많은 교사들과 수많은 성직자들이 교단과 설교단에 올라 이런 강연에 대개 할당되는 시간을 훨씬 초과해 가면서까지 이

한 가지 주제에 대해 장광설을 늘어놓는 모습이 떠올랐지요. 정말이지 기이한 현상이었습니다. 그리고 분명(이때 나는 'M' 항목을 조사하고 있었습니다) 남성에게 국한된 현상이었지요. 여성은 남성에 대한 책을 쓰지 않습니다. 이는 안도하며 환영하지 않을 수 없는 사실인데, 만약 우선 남자들이 여자들에 대해 쓴 책을 모두 읽은 다음, 여자들이 남자들에 대해 쓴 책까지 읽어야 한다면, 백 년에 한 번 꽃을 피운다는 알로에가 두 번 꽃을 피운 다음에야 종이에 펜을 댈 수 있을 테니까요. 그래서 나는 온전히 임의로 열두 권정도를 골라 철망 접시에 대출 신청서를 넣고서는 진리의 정수를 찾는 다른 이들 틈에 끼어 열람실에 자리를 잡고 기다렸습니다.

그러니까 이 기이한 불균형의 이유가 무엇일까, 하고 나는 영국 납세자들이 다른 목적으로 제공한 종잇조각에 수레바퀴를 그리며 생각했습니다. 이 장서 목록으로 미루어볼 때, 여성이 남성에게 갖는 관심보다 남성이 여성에게 갖는 관심이 훨씬 큰 이유가무엇일까? 몹시 진기한 사실 같았고, 나는 여성에 대한 책을 쓰며시간을 보내는 남자들의 삶을 그리는 데 정신이 팔렸지요. 그들은나이가 많을까 적을까, 결혼을 했을까 안 했을까, 딸기코일까 곱사등일까…… 어쨌든 관심을 기울인 사람들이 모두 불구자와 병자가 아니라면 그런 관심의 대상이 되었다는 사실은 막연히 기분좋은 일이지…… 그러다 내가 빠져들었던 이런 경박한 생각은 뚝끊기고 말았으니, 앞에 놓인 책상 위로 책들이 눈사태처럼 우르르쏟아졌던 것입니다. 이제 고통이 시작되었습니다. 옥스브리지에서 연구법을 배운 학생이라면 분명 주의를 끄는 온갖 방해물을 지나쳐 우리로 뛰어 들어가는 양처럼 자신의 질문이 해답 속으로 뛰어 들어가도록 잘 인도하겠지요. 예를 들어 내 옆에 앉은 학생은 과학 입문서를 부지런히 베끼고 있었는데 틀림없이 대략 십 분마다 원석에서 순수한 광물 덩어리를 추출하고 있었습니다. 만족스러운 듯이 작게 끙끙거리는 소리로 알 수 있었지요. 그러나 불행히도 대학에서 전혀 교육을 받지 못했다면, 그 질문은 인도를 받아 우리로 들어가기는커녕 사냥개 무리에 쫓겨 갈팡질팡하는 겁에 질린 새 떼처럼 날아다닐 것입니다. 대학교수, 교사, 사회학자, 성직자, 소설가, 수필가, 기자, 여자가 아니라는 점을 제외하고는 아무 자격이 없는 남자들이 내 단순한 한 가지 질문, '왜 어떤 여성은 가난한가?'라는 질문을 쫓아다녔고 결국 쉰 개의 질문으로 만들어 버렸습니다. 쉰 개의 질문은 미친 듯이 강물 한가운데로 뛰어들어 떠내려갔습니다. 내 공책은 페이지마다 짧게 휘갈겨 쓴 기록으로 가득했습니다. 그때 나의 심리 상태를 보여 주기 위해, 그중 몇 개를 읽어 보려고 하는데, 사실 그 페이지에는 인쇄체 대문자로 '여성과 빈곤'이라는 제목이 달렸지만 거기 적힌 내용은 다음과 같았습니다.

중세 ……의 상황
피지 제도에서 ……의 관습
……에 의해 여신으로 숭배됨
……보다 도덕관념 취약
……의 관념론

……의 더 뛰어난 성실성

남태평양 제도 ……사이의 사춘기 연령

……의 매력

……에 제물로 제공됨

……의 작은 두뇌 크기

더욱 심오한 ……의 잠재의식

털이 더 적은 ……의 신체

……의 정신적, 도덕적, 신체적 열등

아이들에 대한 ……의 사랑

수명이 더 긴……

근육이 더 약한……

……의 강한 애정

……의 허영심

……의 고등교육

……에 대한 셰익스피어의 견해

……에 대한 버컨헤드 경의 견해

……에 대한 잉 사제의 견해

……에 대한 라브뤼예르의 견해

……에 대한 존슨 박사의 견해

……에 대한 오스카 브라우닝 씨의 견해

……

여기에서 나는 숨을 들이마시며 다름 아닌 공책 여백에 생각을 덧붙였습니다. 왜 새뮤얼 버틀러*는 "현명한 남자는 여자에 대한 생각을 결코 밝히지 않는다."라고 말하는 것일까? 현명한 남자는 다른 어떤 문제에 대해서도 분명한 생각을 밝히지 않습니다. 그러나 나는 의자에 등을 기대고 거대한 둥근 천장을 쳐다보며 생각을 이어 나갔습니다. 그 속에 든 하나의 생각에 지나지 않았던 내가 이제는 약간 지친 생각으로 변해 있더군요. 불행한 것은 현명한 남자들이 여성에 대해 결코 같은 생각이 아니라는 사실입니다. 포프**는 이렇게 말합니다.

대부분의 여자들은 성격이라는 것이 아예 없다.

또 라브뤼예르***는 이렇게 말합니다.

여성은 극단적이다. 남성보다 탁월하거나 열등하다.

동시대를 살았던 예리한 관찰자들이 뚜렷하게 상반된 의견을 들려줍니다. 여성은 교육받을 능력이 있는가, 없는가? 나폴레옹은 여성에게 그런 능력이 없다고 생각했습니다. 존슨 박사는 반대

---

*Samuel Butler(1835~1902): 당대의 인습과 풍속을 비판한 풍자소설 『에레혼(Erehwon)』, 종교적 위선을 풍자한 자서전에 가까운 소설 『만인의 길(The Way of All Flesh)』 등으로 유명한 영국의 소설가.
**Alexander Pope(1688~1744): 영국의 시인이자 비평가로 대표작으로 풍자시집 『우인열전(The Dunciad)』, 철학시집 『인간론(An Essay on Man)』 등이 있다.
***Jean de La Bruyère(1645~1696): 풍자로 유명했던 프랑스의 철학자이자 작가.

로 생각했고요.* 여성에게는 영혼이 있는가, 없는가? 어떤 미개인들은 여성에게 영혼이 없다고 말합니다. 반대로 어떤 이들은 여성이 반쯤 신성한 존재라고 주장하며 그런 이유로 여성을 숭배합니다.** 어떤 현자들은 여성의 뇌가 더 얄팍하다고 생각하고, 어떤 이들은 여성의 의식이 더 심오하다고 생각합니다. 괴테는 여성에게 경의를 표했지만 무솔리니는 여성을 경멸합니다. 어디를 보아도 남자들은 여성에 대해 생각했지만 저마다 생각이 달랐습니다. 나는 결국 이 모든 것을 이해하기란 불가능하다고 결론지으며 옆자리에서 책 읽는 학생을 부러운 눈으로 힐끔 쳐다보았습니다. 내 공책은 거칠게 휘갈긴 상반된 메모로 야단법석인 반면, 그는 가끔 A나 B, C를 앞머리에 적으며 더없이 깔끔한 개요를 작성하고 있더군요. 비참했고 당혹스러웠고 굴욕적이었습니다. 진실은 내 손가락 사이로 빠져나갔습니다. 한 방울도 남김없이 달아나 버렸어요.

이런 생각이 들었습니다. 이대로 집에 돌아가 여성과 소설을 주제로 한 연구에 중대한 기여를 한답시고 여성이 남성보다 몸에 털이 적다거나 남태평양 제도에서는 사춘기가 아홉 살(아니면 아흔 살이었던가? 글씨조차 해독할 수 없을 만큼 산만하군) 나이에 시작된다는 내용을 덧붙일 수는 없어. 오전 내내 애쓰고도 더 중요하고

---

*"'남성은 여성이 남성을 능가한다는 사실을 알기 때문에 가장 약하거나 가장 무지한 여성을 선택한다. 남성이 그렇게 생각하지 않았다면 자신들만큼 지식을 갖춘 여성을 두려워했을 리 없다.'…… 이후의 대화에서 존슨은 자신이 한 말이 진심이라고 나에게 이야기했는데, 성을 공정히 판단한다면, 그것이야말로 솔직한 태도라고 생각한다." ―보즈웰,『헤브리디스 제도 여행기』. (원주)
**"고대 독일인들은 여성에게 신성한 무언가가 있다고 믿었고 따라서 여성을 사제로 여기고 신탁을 청했다." ―프레이저,『황금 가지』. (원주)

부끄럽지 않은 성과를 전혀 내지 못했다니 부끄러운 일이야. 그리고 내가 과거의 W(간결함을 위해 여성을 이렇게 부르기로 했어요)에 대한 진실을 파악하지 못한다면, 미래의 W를 걱정할 이유가 있겠어? 여성과 여성이 정치, 어린이, 임금, 도덕성 등등에 미친 영향을 전문적으로 연구한 그 신사들은 수도 많고 박식하지만 그들의 의견을 조사하는 건 순전히 시간 낭비 같아. 그들이 쓴 책은 펼치지 않고 그대로 두는 게 좋겠어. 그러나 생각에 깊이 잠긴 동안 나는 무기력감과 절망에 빠져, 옆 사람처럼 결론을 적어야 할 곳에 무심코 그림을 그려 대고 있었습니다. 그것은 어떤 얼굴, 어떤 모습이었습니다. '여성의 정신적, 윤리적, 신체적 열등성'이라는 제목의 기념비적인 작품을 쓰느라 바쁜 X 교수의 얼굴과 모습이었습니다. 내 그림에서 그는 여성에게 매력적인 남자는 아니었습니다. 육중한 몸집에, 턱 아래로 살이 늘어졌고, 이 점을 상쇄하려는 듯 눈은 몹시 작았으며, 얼굴은 시뻘갰습니다. 표정을 보니 어떤 감정에 사로잡혀 일을 하고 있었는데 그 감정 때문에 글을 쓰면서 해로운 벌레를 죽이고 있는 것처럼 펜을 쿡쿡 찔러 박았지요. 그러나 그 벌레를 죽이고도 만족하지 못했습니다. 계속 죽이고 또 죽여야 했습니다. 그렇게 했는데도 분노와 짜증의 원인은 그대로였습니다. 혹시 아내 때문일까? 나는 내 그림을 보며 물었습니다. 그녀가 기병대 장교와 사랑에 빠졌나? 그 기병대 장교가 늘씬하고 품위 있고 아스트라칸 모피를 걸쳤나? 프로이트의 이론을 적용하자면 혹시 요람에 누워 있던 시절에 예쁜 소녀가 그를 비웃었을까? 그 시절에도 그 교수는 매력적인 아이는 아니었을 테니. 원인이 무엇이었든지, 내 스케치에서 그 교수는 매우 화가 나고 매우 추한 모습으로 여성의 정신적, 도덕적, 신체적 열등성에 대한 대작을 쓰고 있었습니다. 그림을 그리는 것은 무익한 오전 작업을 마무리 짓는 나태한 방법이었습니다. 그러나 때로는 우리가 게으름을 피울 때, 몽상에 빠졌을 때, 가라앉았던 진실이 수면으로 떠오르는 법입니다. 정신분석학이라는 그럴듯한 이름을 들먹일 필요도 없이 기초적인 심리학 지식만으로도, 공책에서는 내가 분노한 상태로 그 화가 난 교수의 모습을 그렸다는 사실이 느껴졌습니다. 내가 몽상에 빠진 동안 분노가 내 연필을 낚아챘던 것입니다. 그러나 분노가 거기에서 무엇을 하고 있었던 걸까요? 호기심, 혼란, 재미, 권태…… 나는 오전 내내 연달아 찾아온 이런 감정을 모두 밝혀 가며 이름을 댈 수 있었습니다. 그사이에 혹시 분노가 검은 뱀처럼 잠복하고 있었던 걸까요? 그렇다고, 분노가 잠복해 있었다고, 그림이 말해 주었습니다. 그 그림은 나에게 특정한 책의 특정한 구절을 명백하게 가리켰고, 그 구절이 악마를 깨웠던 것입니다. 그것은 여성의 정신적, 도덕적, 신체적 열등성에 대해 그 교수가 서술한 내용이었습니다. 아까부터 심장은 쿵쾅거렸고 뺨이 달아올랐습니다. 분노로 얼굴이 상기되었습니다. 어리석을지는 몰라도 특별히 놀라운 감정은 아니었어요. 숨을 씨근거리고 기성품 넥타이를 매고 지난 두 주 동안 면도도 하지 않은 작은 남자(나는 옆자리 학생을 바라보았습니다)보다 자신이 태생적으로 열등한 존재라는 말을 듣는다면 좋아할 사람은 없습니다. 누구에게나 어리석은 허영심이 어느 정도 있어요. 그것은 그저 인간의 본성일 뿐이라고 나는 생각했고 화난 교수의 얼굴 위에 수레바퀴와 원을 그리기 시작했는데, 결국 그는 불타는 덤불이나 이글거리는 혜성…… 아무튼 인간이라고 볼 수도 생각할 수도 없는 유령으로 변했습니다. 그 교수는 햄스테드 히스 공원 꼭대기에서 타오르는 장작 다발에 지나지 않았습니다. 곧 나의 분노는 원인을 찾고 사라졌습니다. 그러나 호기심은 남았어요. 교수의 분노를 어떻게 설명해야 할까? 그들은 왜 화가 났을까? 거기 있는 그 책들이 남긴 인상을 분석해 보면, 반드시 열기라는 요소가 있었습니다. 그 열기는 형태가 다양했습니다. 풍자, 감상, 호기심, 질책으로 모습을 드러냈지요. 그러나 자주 나타났지만 즉시 정체가 파악되지 않는 다른 요소가 있었습니다. 나는 그것을 분노라고 불렀습니다. 그러나 그것은 땅속으로 들어가 온갖 종류의 감정과 뒤섞인 분노였습니다. 그 기묘한 작용으로 판단해 보면, 그것은 단순하고 공공연한 분노가 아니라 복잡하고 위장된 분노였습니다.

책상에 쌓인 책 더미를 바라보며, 나는 이 책들은 모두 이유를 불문하고 내 목적에는 도움이 되지 못한다고 생각했습니다. 다시 말해, 인간적 관점에서는 교훈과 흥미, 권태, 그리고 피지 제도 주민들의 관습에 대한 매우 기묘한 사실로 가득했지만 학문적으로는 가치가 없었습니다. 진리라는 투명한 빛이 아니라 감정이라는 붉은빛 속에서 쓰인 책들이었습니다. 따라서 이 책들은 중앙의 책상으로 되돌아가서 거대한 벌집 속 각자의 방으로 되돌아가야 했습니다. 그날 아침 노력한 끝에 내가 얻어 낸 것은 분노라는 한 가지 사실이 전부였습니다. 그 교수들(나는 그들을 이렇게 한 덩어리로 뭉뚱그렸습니다)은 분노했습니다. 그러나 왜? 나는 책을 반납하며 물었습니다. 왜? 박물관 돌기둥 아래, 비둘기와 선사시대 카누 사이에 서서 나는 다시 질문했습니다. 왜 그들은 분노하는가? 그리고 마음속에 이 질문을 품고서, 나는 점심 먹을 곳을 찾아 이리저리 거닐었습니다. 우선 분노라 이름 붙인 그것의 진짜 정체는 무엇일까? 나는 질문했습니다. 이 수수께끼는 대영 박물관 근처 어딘가의 작은 식당에서 음식을 내올 때까지 내내 계속될 터였습니다. 앞서 점심을 먹은 누군가가 석간신문 초판을 의자에 남겨 두고 갔기에, 나는 음식을 기다리며 느긋하게 기사 제목을 읽어 나갔습니다. 대문짝만한 글자들이 리본처럼 길게 지면을 가로질렀습니다. 누군가 남아프리카에서 압승을 거두었습니다. 더 작은 리본은 오스틴 체임벌린 경이 제네바에 있다고 보도했습니다. 사람 머리카락이 붙은 육류용 식칼이 어느 지하실에서 발견되었다는군요. 재판관 모 씨가 이혼 법정에서 여성의 몰염치에 대해 논평했습니다. 다른 뉴스거리들이 신문 여기저기에 실려 있었습니다. 어느 여배우를 캘리포니아 산꼭대기에서 밑으로 데려오다가 공중에 매달리게 만들었다는군요. 날씨를 보니 안개가 낄 거라고 합니다. 이 행성에 아주 잠시만 들른 방문객일지라도, 이 신문을 집어 든다면 곳곳에 흩어진 이런 증거만 보고도 영국이 가부장제의 지배를 받는다는 사실을 알아차리지 않을 수 없을 거란 생각이 들었습니다. 분별력 있는 사람이라면 그 교수의 지배력을 분명 감지할 터였습니다. 권력과 돈과 영향력이 모두 그의 것이었습니다. 그는 신문사 소유주이자 편집장이자 편집 직원이었습니다. 그는 외무장관이자 재판관이었습니다. 그는 크리켓 선수였고, 경주마와 요트를 가지고 있었습니다. 그는 주주들에게 이백 퍼센트의 배당금을 지급하는 회사 중역이었습니다. 그는 자신이 지배하는 자선단체와 대학에 수백만 파운드를 남겼습니다. 그는 여배우를 공중에 매달았습니다. 육류용 식칼에 붙은 머리카락이 사람의 것인지 아닌지, 그가 결정할 것입니다. 살인자에게 무죄나 유죄를 선고할 사람, 교수형에 처하거나 석방할 사람도 바로 그입니다. 안개를 뺀 나머지 모두를 그가 통제하는 것 같았습니다. 그러나 그는 화를 내고 있었습니다. 그가 화가 났다는 사실을 나는 다음과 같은 징표로 알게 되었습니다. 그가 여성에 대해 쓴 글을 읽을 때, 나는 그가 하는 말이 아니라 글을 쓴 그 사람을 생각했습니다. 냉정하게 논쟁하는 사람은 자신의 논점에 집중합니다. 독자 역시 그 논점을 생각하지 않을 수 없지요. 그가 여성에 대해 냉정하게 글을 썼다면, 자신의 논점을 확립하려 명백한 증거를 활용했다면, 결론이 다른 것이 아니라 바로 이것이기를 바란다는 기색 따위를 내비치지 않았다면, 나 역시 분노하지 않았을 것입니다. 완두콩이 녹색이고 카나리아가 노란색이라는 사실을 받아들일 때처럼 사실을 받아들였을 것입니다. 할 수 없지, 하고 말했을 거예요. 그러나 그가 화를 냈기 때문에 나 역시 화가 났습니다. 석간신문을 넘기며, 이 모든 힘을 가진 사람이 화를 내는 건 말도 안 된다고, 나는 생각했습니다. 혹시, 이유는 모르겠지만 분노는 권력을 따라다니는 친숙한 요정인 걸까요? 예를 들어 부자들은 흔히 가난한 사람들이 그들의 재산을 빼앗고 싶어 한다는 의심 때문에 분노합니다.

교수들, 아니 더 정확하게 칭하자면 가부장들은 어느 정도는 그런 이유로 분노하겠지만, 어느 정도는 겉보기에 그보다 좀 더 모호한 이유로 분노하는지도 모릅니다. 어쩌면 그들은 아예 '분노'하지 않았는지도 모릅니다. 사실, 대개 그들은 개인적으로 맺은 관계에서는 여성을 흠모하며 헌신적이고 모범적입니다. 어쩌면 그 교수가 여성의 열등성을 지나치리만큼 단호히 주장할 때 그는 여성의 열등성이 아니라 자신의 우월성에 관심이 있었을지도 모릅니다. 그것이야말로 그가 다소 성급한 태도로 과도하게 강조하며 보호하려는 대상이었습니다. 우월성은 그에게 어마어마한 가치를 지닌 보석이었으니까요. 남성에게나 여성에게나(이들이 어깨로 앞을 헤치며 보도를 따라 걷는 모습이 보였습니다), 삶은 고되고 힘들며 끝이 없는 투쟁입니다. 삶에는 크나큰 용기와 힘이 필요합니다. 착각의 동물인 우리에게는 아마 무엇보다도 자신에 대한 확신이 필요하겠지요. 자신감이 없다면 우리는 요람 속 아기와 마찬가지입니다. 그렇다면 이토록 귀중하면서도 무게를 가늠할 수 없는 이 자질을 가장 빨리 만들어 낼 수 있는 방법이 무엇일까요? 다른 사람들이 자신보다 열등하다고 생각하는 것이지요. 자신이 다른 사람들보다 선천적으로 우월한 점이 있다고(재산이나 지위일 수도 있고, 곧은 콧날 혹은 조지 롬니*가 그린 할아버지의 초상화일지도 모릅니다…… 인간의 상상력이라는 애처로운 장치에는 한계가 없으니까요) 느끼는 것이지요. 그러므로 정복해야 하고 지배해야 하는 가부장

---

*George Romney(1734~1802): 런던에서 초상화로 인기를 끌었던 영국의 화가.

에게는 수많은 사람들이, 사실은 인류의 절반이 자신보다 태생적으로 열등하다고 생각하는 것이 굉장히 중요합니다. 분명 사실상 이것이 그가 보유한 권력의 주된 원천 중 하나입니다. 그러면 이렇게 관찰한 사실을 실생활에 적용해 보자고, 나는 생각했습니다. 일상생활의 여백에 기록한 그 심리학적 수수께끼 중 일부를 설명하는 데 도움이 될까요? 일전에 남자들 중에서 가장 인정 많고 가장 겸손한 Z가 레베카 웨스트*의 어떤 책을 들고 한 구절을 읽으며 "극악무도한 페미니스트! 남자들을 속물이라고 하다니!"라고 외쳤을 때 내가 느꼈던 놀라움을 설명해 줄까요? 나는 웨스트 양이 다른 성에 대해 무례할지언정 어쩌면 사실일지 모를 이야기를 썼다고 극악무도한 페미니스트 취급을 받아야 하는가? 싶은 생각에 깜짝 놀랐지만, 그의 외침은 단순히 상처받은 허영심에서 비롯된 것이 아니었습니다. 자기 자신을 믿는 권리를 침해당했기에 항의했던 것입니다. 여성은 지난 수백 년 동안 남자의 모습을 실제보다 두 배 크게 비추는 불가사의하고 달콤한 힘을 가진 거울 노릇을 해 왔습니다. 그 힘이 없다면 아마 세상은 여전히 늪과 밀림이었을 것입니다. 그 모든 전쟁의 영광은 미지의 것이었겠지요. 우리는 여전히 남은 양고기 뼈로 사슴의 윤곽을 갉작갉작 그리며 양가죽이나 우리의 투박한 취향에 맞는 단순한 장신구 따위를 부싯돌과 물물 교환하고 있을 것입니다. '초인'이나 '운명의 손가락'

---

*Rebecca West(1892~1983): 영국의 작가, 비평가, 저널리스트로 다양한 장르의 글을 썼으며 여성 참정권을 비롯한 사회적, 정치적 문제에 관심을 가지고 적극적으로 활동했다. 본명은 시실리 이사벨 페어필드다.

은 결코 존재하지 않았을 것입니다. 차르와 카이저가 왕관을 쓰거나 잃는 일도 일어나지 않았을 것입니다. 문명사회에서 어떤 용도로 쓰이든, 거울은 모든 폭력적이고 영웅적인 행위에 반드시 필요합니다. 이런 까닭에 나폴레옹도 무솔리니도 여성의 열등함을 그토록 강력히 주장한 것입니다. 열등하지 않은 여성은 확대하는 역할을 그만둘 테니까요. 이는 여성이 남성에게 필요불가결한 존재일 때가 많은 이유를 부분적으로 설명해 줍니다. 또 남성이 여성의 비판에 그토록 불안해하는 이유를 설명해 주지요. 이 책은 형편없다는 말이나 이 그림은 힘이 없다는 말 등 여성이 남성에게 하는 모든 말이 같은 남성이 똑같은 비판을 했을 때보다 왜 훨씬 큰 고통을 주고 훨씬 큰 분노를 일으킬 수밖에 없는지를 설명해 줍니다. 여성이 진실을 말하기 시작하면 거울에 비친 형상이 오그라들기 때문이지요. 삶을 감당할 능력도 약화됩니다. 아침 식사 때와 저녁 식사 때 실제보다 적어도 두 배는 큰 자신의 모습을 볼 수 없다면, 남성이 어찌 판결을 내리고, 원주민을 교화하고, 법을 만들고, 책을 쓰고, 옷을 차려입고 연회에서 열변을 토할 수 있을까요? 빵을 부스러뜨리고 커피를 젓고 이따금씩 거리의 사람들을 바라보면서, 나는 그런 생각에 잠겼습니다. 거울에 비친 모습은 활력을 주고 신경계를 자극하기 때문에 더없이 중요합니다. 그것을 빼앗는다면 남자는 코카인을 빼앗긴 약물 중독자처럼 죽을지도 모르지요. 보도를 걷는 사람들 절반은 그 환영의 주술에 걸려 일터로 성큼성큼 걸어가고 있다고, 나는 창밖을 보며 생각했습니다. 아침에 그들은 그 환영이 발하는 기분 좋은 빛을 받으며 모자를 쓰고 외투를 입습니다. 자신이 스미스 양의 다과회에 꼭 참석해야 하는 존재라고 믿으며 자신만만하고 기운차게 하루를 시작합니다. 그들은 다과회 장소에 들어갈 때 나는 여기 모인 사람들 절반보다 우월하다고 마음속으로 생각하고 따라서 그 자부심과 자신감으로 말을 하는데, 바로 이 자신감이 공적인 생활에 그토록 깊은 영향을 미치고 사적인 마음의 여백에 기묘한 주석을 남겼던 것입니다.

그러나 남성의 심리라는 위험하고 매력적인 주제(여러분의 몫으로 일 년에 오백 파운드씩 생길 경우에 연구해 보기 바랍니다)와 관련해 내가 제시한 이런 의견은 음식 값을 치러야 해서 중단되었습니다. 오 실링 구 펜스였습니다. 나는 웨이터에게 십 실링짜리 지폐를 주었고 그는 거스름돈을 가지러 갔습니다. 지갑에는 십 실링짜리 지폐가 하나 더 있었습니다. 나는 그 지폐를 주목했습니다. 내 지갑이 십 실링짜리 지폐를 저절로 낳는 능력은 여전히 나를 놀라게 하는 사실이기 때문입니다. 지갑을 열면 지폐가 거기 있습니다. 특정한 숫자가 적힌 지폐를 내면 그 대가로 사회는 나에게 닭고기와 커피, 침대와 숙소를 주는데, 이 지폐는 단지 이름이 같다는 이유로 고모님이 나에게 남겨 주신 것입니다.

이 말씀을 드려야겠군요. 내 고모인 메리 비턴은 봄베이에서 말을 타고 바람을 쐬러 나갔다가 낙마해 돌아가셨습니다. 유산을 받게 되었다는 소식을 받은 것은 여성에게 투표권을 부여하는 법률이 통과되던 무렵의 어느 날 밤이었습니다. 사무 변호사의 편지가 우편함에 도착했고, 열어 보니 앞으로 매년 오백 파운드씩 받도록 고모님이 유산을 남겼다는 내용이었습니다. 투표권과 돈, 이 두 가지 중에 돈이 한없이 더 중요하게 보였다는 사실을 인정합니다. 그때까지 나는 신문사에 임시직이나마 달라고 구걸하고 여기저기에서 열리는 당나귀 쇼나 결혼식을 보도하며 생계를 유지했습니다. 편지봉투에 주소를 쓰고, 노부인들에게 책을 읽어 주고, 조화를 만들고, 유치원 어린이들에게 알파벳을 가르치며 몇 파운드를 벌었습니다. 이것이 1918년 이전 여성에게 개방된 주요 직업이었습니다. 유감스럽지만 아마 여러분이 아는 여성 중에 그런 일을 했던 이들이 있을 테니, 얼마나 힘든 일이었는지 자세히 묘사할 필요는 없겠지요. 또 여러분도 해 보았을 테니, 돈을 벌어 생계를 유지하는 어려움에 대해서도 이야기하지 않겠습니다. 그러나 아직까지도 이 두 가지보다 더욱 심한 고통으로 남은 것은 그 시절이 내 속에 심은 두려움과 비통함이라는 독이었습니다. 우선, 하고 싶지 않은 일을 늘 하고 있었고 노예처럼 아부와 아첨을 떨어 대며 그 일을 했는데, 아마 늘 그럴 필요는 없었겠지만 꼭 그래야 할 것 같았고 도박을 하기에는 판돈이 너무 컸습니다. 그러다가, 감춘다면 죽은 것이나 마찬가지인 한 가지 재능, 사소하지만 당사자에게는 소중한 재능이 소멸 중이며 나 자신, 내 영혼도 함께 소멸하고 있다는 생각이 들자, 이 모든 상황이 활짝 핀 봄꽃을 먹어 치우고 나무의 중심부를 파괴하는 녹병으로 변해 버렸습니다. 그러나 말했듯이 고모님이 돌아가셨습니다. 그리고 십 실링짜리 지폐의 거스름돈을 받을 때마다 녹슬고 부식된 부분이 조금씩 벗겨지고 두려움과 비통함이 사라집니다. 나는 은화를 지갑에 찔러 넣으며 생각했습니다. 그토록 비통한 시절을 보냈는데 고정된 수입으로 기분이 달라지다니 정말 놀랍다고 말입니다. 세상 어떤 힘도 나에게서 오백 파운드를 빼앗을 수 없습니다. 의식주가 영원히 내 것입니다. 따라서 수고와 노동이 그칠 뿐만 아니라 증오와 비통함도 사라집니다. 나는 어떤 남자도 미워할 필요가 없습니다. 나에게 상처를 입힐 수 없으니까요. 나는 어떤 남자에게도 아첨할 필요가 없습니다. 그에게서 받을 것이 없으니까요. 이렇게 어느새 내가 인류의 다른 절반을 향해 새로운 태도를 취하게 되었음을 깨달았습니다. 어떤 계급이나 성을 뭉뚱그려 비난하는 것은 불합리한 일이었습니다. 대다수의 사람들은 자신이 하는 행동에 책임이 없습니다. 자신의 통제력을 넘어서는 본능에 따라 움직이지요. 가부장들, 그 교수들 역시 끝없는 어려움, 극심한 문제와 씨름했습니다. 어떤 면에서 그들이 받은 교육은 내가 받은 교육만큼이나 그릇된 것이었어요. 그 교육은 나에게 그랬듯이 그들 속에도 크나큰 결함을 낳았습니다. 돈과 권력을 차지한 것은 사실이지만 그 대가로 그들은 영원히 간을 쥐어뜯고 폐를 쪼아 먹는 독수리, 즉 소유욕과 탐욕을 가슴에 간직해야 했으니까요. 그 욕망은 그들이 다른 이들의 밭과 재산을 끊임없이 탐내고 국경과 깃발, 전함과 독가스를 만들고, 자신들의 목숨과 자식들의 목숨까지 바치도록 부채질했지요. 애드미럴티 아치(어느새 그 기념비에 도착했군요)나 전승 기념비와 대포가 차지한 다른 거리를 걸으며, 그런 거리가 어떤 종류의 영광을 기리는 것인지 곰곰이 생각해 보세요. 혹은 봄 햇빛을 받으며, 증권 중개인과 유명한 법정 변호사가 돈을 벌고 더더욱 많은 돈을 멀기 위해 건물 안으로 들어가는 모습을 지켜보세요. 일 년에 오백 파운드면 한 사람이 햇빛을 받으며 살 수 있는 게 사실인데 말이에요. 그런 본능을 가슴에 품는다는 것은 불쾌한 일이라는 생각이 들었습니다. 나는 케임브리지 공작의 동상을 바라보며, 특히 그동안 누구도 이렇게 시선을 고정하지 않았을 삼각모에 달린 깃털을 바라보며, 삶의 조건 즉 문명이 결핍된 상태가 그런 본능을 낳았다고 생각했습니다. 이런 결함을 인식하자, 두려움과 비통함이 점차 연민과 관용으로 변하더군요. 그리고 일이 년 뒤에는 연민과 관용이 사라지고 무엇보다도 숭고한 해방이 찾아왔으니, 그것은 바로 사물을 있는 그대로 생각할 수 있는 자유입니다. 예를 들어, 저 건물을 나는 좋아하는가, 좋아하지 않는가? 저 그림은 아름다운가, 아닌가? 내 생각에 저것은 좋은 책인가, 나쁜 책인가? 정말로 고모님의 유산은 하늘을 덮었던 베일을 걷어 주었고 밀턴이 나에게 영원히 흠모하라고 권했던 거대하고 위압적인 신사의 모습 대신 탁 트인 하늘을 보여 주었습니다.

그렇게 이런저런 생각에 잠겨, 나는 강가에 자리한 내 집으로 발길을 돌렸습니다. 램프가 불을 밝히고 있었고 오전과는 달리 형언할 수 없는 변화가 런던을 뒤덮고 있었습니다. 마치 종일토록 일한 거대한 기계가 우리의 도움으로 몇 야드에 걸쳐 흥미진진하고 아름다운 어떤 것을, 붉은 눈들을 번쩍이는 새빨간 직물을, 뜨거운 숨을 터뜨리며 울부짖는 황갈색 괴물을 만들어 내놓은 것 같았습니다. 집을 후려치고 광고판을 덜걱덜걱 흔드는 바람조차 펄럭이는 깃발처럼 보였습니다.

그러나 내가 사는 작은 거리는 가사로 분주했습니다. 주택 도색공이 사다리에서 내려오고 있었습니다. 아이 보는 여자는 유모차를 조심스레 밀며 아이의 간식을 가지러 들락거렸습니다. 석탄 운반공은 빈 자루를 접어 차곡차곡 쌓았습니다. 청과상 여자는 빨간 장갑을 낀 손으로 그날의 매상을 계산하고 있었습니다. 그러나 나는 여러분이 내 어깨에 지운 그 문제에 너무 골몰한 나머지, 이런 일상적인 광경을 보면서도 하나의 중심과 연결하지 않을 수 없었습니다. 이런 직업들 중 어느 것이 더 고귀하고 더 필요한지 말하기란, 백 년 전에도 분명 어려웠겠지만 지금은 그보다 훨씬 더 어렵다는 생각이 들었지요. 석탄 운반공이 되는 편이 나을까, 아니면 아이 돌보는 직업이 나을까? 세상의 눈에는, 자녀를 여덟 명이나 키워 낸 청소부가 십만 파운드를 번 변호사보다 가치 없게 보일까? 이런 질문을 던져 봤자 쓸모없는 일이었습니다. 누구도 대답해 줄 수 없으니까요. 청소부와 변호사의 상대적 가치는 시대에 따라 오르내릴 뿐만 아니라, 현재로서도 측정할 잣대가 없습니다. 나는 어리석게도 담당 교수에게 여성에 대한 그의 주장 중 이런저런 내용을 뒷받침할 '명백한 증거'를 제시해 달라고 말했었지요. 당장에는 어떤 한 가지 재능의 가치를 말할 수 있더라도, 그런 가치는 변할 것입니다. 백 년이라는 시간이 지나면 그런 가치가 완전히 달라질 가능성이 큽니다. 게다가 백 년 뒤에 여성은 더 이상 보호받는 성이 아닐 거라고, 나는 집 문간에 이르러 생각했습니다. 필연적으로 여성은 한때는 허락되지 않았던 모든 활동과 노동에 참여할 것입니다. 아이 돌보는 여자가 석탄을 들어 올릴 것입니다. 가게 여주인이 기관차를 운전할 것입니다. 여성이 보호받는 성이었을 때 관찰된 사실을 토대로 한 가설, 예를 들어(이때 한 분대의 군인들이 거리를 행진했습니다) 여자와 목사와 정원사가 다른 사람들보다 장수한다는 따위의 가설은 모두 사라질 것입니다. 그런 보호막을 제거하고 남자와 똑같은 노동과 활동에 여성을 노출해, 군인과 선원과 기관사와 부두 노동자가 되게 해 보세요. 그렇다면 여성이 남성보다 매우 이른 나이에 매우 빨리 죽지 않을 테니 사람들은 '나 오늘 비행기 봤어.'라는 말을 하듯이 '나 오늘 여자 봤어.'라고 말하지 않을 것입니다. 여성이 더는 보호받는 입장이 되지 않는다면 어떤 일도 일어날 수 있다고, 나는 문을 열며 생각했습니다. 하지만 이 모든 것이 내 강연문의 주제인 '여성과 소설'과 무슨 관련이 있을까? 나는 문을 열며 이렇게 질문했습니다.

est.

feel certain that I am going
again. I feel we cant go
[th]rough another of those terrible times.
I shant recover this time. I begin
to hear voices, & cant concentrate.
I am doing what seems the best
thing to do. You have given
me the greatest possible happiness

3장

...life would have been "..."
...the terrible disease came. I cant
fight it any longer. I know that I am
spoiling your life, that without me you
could work. And you will I know.
... I cant even write this properly.
...read. What I want to say is
owe all the happiness of my life to you
...have been entirely patient with me
...incredibly good. ...want to say that
...everybody knows it. If any body
...body knows it.

저녁이 되었는데 의미 있는 주장이나 믿을 만한 사실을 찾아내지 못하고 돌아오다니, 실망스러웠습니다. 여성은 남성보다 가난한데 그건…… 이런저런 이유 때문이겠지요. 어쩌면 이제는 진리를 찾는 것을 포기하고 용암처럼 뜨겁고 개숫물처럼 혼탁한, 눈사태처럼 덮쳐 오는 수많은 의견을 머리에 받아들이는 것도 포기하는 편이 나을 것 같았습니다. 커튼을 치고, 집중을 방해하는 것들을 차단하고, 램프에 불을 켜고, 조사 범위를 좁히고, 의견이 아니라 사실을 기록하는 역사가에게 여성이 어떤 조건에서 살았는지, 그러니까 모든 시대를 통틀어서가 아니라 영국에서, 말하자면 엘리자베스 시대에 어땠는지 물어보는 편이 나을 것 같았어요.

왜냐하면 남자들은 둘 중 하나 꼴로 노래와 소네트를 지어 대는 것처럼 보이는 그 시대에 왜 여성은 그 비범한 문학을 한 소절도 쓰지 못했는지, 도무지 풀리지 않은 수수께끼이기 때문입니다. 여성은 어떤 조건에서 살았던 것일까? 나는 마음속으로 질문했습니다. 아마 과학은 다르겠지만 상상력의 산물인 소설은 조약돌처럼 땅으로 떨어지는 것이 아니니까요. 소설은 거미줄처럼 구석구석 아주 사뿐히 그러나 분명히 삶에 붙어 있으니까요. 보통은 그렇게 붙어 있다는 사실을 거의 알아차릴 수가 없습니다. 예를 들어 셰익스피어의 희곡은 스스로 완벽하게 그 자리에 매달린 것처럼 보입니다. 그러나 거미줄을 비스듬히 잡아당겨 가장자리를 고리에 걸고 가운데를 찢어 보면, 이 거미줄은 형체 없는 생물이 공중에 지은 것이 아니라 고통받는 인간의 작품이며, 건강과 돈과 우리가 사는 집처럼 지극히 실질적인 것들에 붙어 있다는 사실을 기억하게 됩니다.

그래서 나는 역사책을 꽂은 서가로 가서 최신작 중 하나인 트리벨리언 교수의 『영국사』를 꺼냈습니다. 다시 한번 색인에서 '여성'을 찾고 그중 '여성의 지위'를 골라 해당 페이지를 펼쳤습니다. 내용은 이러했습니다. "아내를 구타하는 것은 남자의 공인된 권리였고 신분이 낮든지 높든지 수치심 없이 자행되었다." 역사학자는 글을 잇습니다. "……마찬가지로 딸이 부모가 선택한 남자와 결혼하기를 거부하면 감금하고 때리고 방안 곳곳에 내동댕이치기 일쑤였지만 세간에 어떤 충격도 주지 않았다. 결혼은 개인적 애정의 문제가 아니라 가족의 과도한 탐욕이 관련된 문제였는데, '기사도 정신이 투철한' 상류층에서 특히 그러했다…… 보통 한쪽이나 양쪽 당사자가 요람에 있을 때 정혼을 하고 두 사람이 유모의 보살핌을 채 벗어나기도 전에 결혼을 치렀다." 때는 초서* 시대 직후

---

*Geoffrey Chaucer(1342~1400): 근대 영시의 창시자로 '영시의 아버지' 혹은 '영문학의 아버지'로 불리는 중세 영국의 시인.

인 1470년경이었습니다. 여성의 지위에 대한 다음 기록은 약 이백 년 뒤인 스튜어트 왕조 때에 나옵니다. "상류층과 중류층의 여성이 자신의 남편을 선택하는 것은 여전히 이례적인 일이었고, 남편이 정해지면 그는 법과 관습이 보장하는 한도 내에서는 지배자이자 주인이었다. 그러나 그렇다고 해도." 트리벨리언 교수는 이렇게 결론을 내립니다. "셰익스피어의 여성 인물들이나 버니와 허친슨처럼 믿을 만한 17세기 회고록에 등장하는 여성들에게 개성이나 특징이 부족해 보이지는 않는다." 생각해 보면 분명 클레오파트라는 자기에게 맞는 방식이 있었던 것입니다. 맥베스 부인은 자기 나름의 의지가 있었다고 생각할 수 있을 것입니다. 로잘린드는 매력적인 아가씨였다고 판단을 내릴 수도 있지요. 셰익스피어의 여성 인물들이 개성이나 특징이 부족해 보이지 않는다는 트리벨리언 교수의 말은 그야말로 사실입니다. 나는 역사학자가 아니므로, 이보다 몇 걸음 더 나아가 태초부터 모든 시인의 작품에서 여성이 횃불처럼 타올랐다고 말할 수 있을 것입니다. 극작가의 작품 중에서는 클리템네스트라, 안티고네, 클레오파트라, 맥베스 부인, 페드르, 크레시다, 로잘린드, 데스데모나, 몰피 공작부인이 있고, 산문 작가의 작품 중에는 밀러먼트, 클라리사, 베키 샤프, 안나 카레니나, 에마 보바리, 게르망트 부인…… 많은 이름들이 머리에 떠오르는데, 그 이름을 들으면 '개성과 특징이 부족한' 여성이라는 생각은 들지 않습니다. 사실 여성이 남성이 쓴 소설 속에만 존재한다면, 우리는 여성이 더없이 중요한 인물이라고 상상할 것입니다. 특징이 매우 다양하고, 영웅적이고도 비열하며, 화려하고도 천박하며, 무한히 아름다우면서도 극도로 추악하고, 남자만큼 위대하며 어떤 이들에게는 남자보다 더 위대하게 생각되는 그런 존재라고 말입니다.* 그러나 이것은 소설 속의 여성입니다. 트리벨리언 교수가 지적하는 것처럼, 실제로는 감금되고 구타를 당하고 방 곳곳에 내동댕이쳐졌습니다.

그리하여 매우 기묘하고 복합적인 존재가 나타납니다. 상상 속에서 여성은 무엇보다 중요하지만, 현실에서는 완벽히 하찮은 존재입니다. 시에는 처음부터 끝까지 여성이라는 존재가 스며 있지만, 역사에서는 아예 없는 존재입니다. 소설에서는 여성이 왕과 여왕의 삶을 지배하지만, 현실에서는 자신의 손가락에 억지로 반지를 끼워 넣은 이의 아들을 노예처럼 섬겨야 합니다. 문학에서는 영감이 넘치는 말과 심오한 사색이 여성의 입에서 흘러나오지만, 실생활에서 여성은 거의 읽지도 쓰지도 못하며 남편의 소유물에

*고대 아테네에서 여성들은 동양과 거의 비슷하게 노예나 기계처럼 억압을 받으면서도 무대에서는 클리템네스트라와 아칸드라, 아토사와 안티고네, 페드르와 메데이아 및 '여성 혐오증이 있는' 에우리피데스**의 희곡 이후에 희곡을 지배한 여타 다른 여주인공과 같은 인물이 등장했다는 사실은 여전히 이상하고 설명하기 어렵다. 그러나 실생활에서는 점잖은 여성이 혼자서 거리에 얼굴을 보이기는 거의 불가능했는데도 무대 위에서는 여성이 남성과 동등하거나 남성을 능가한다는 이 세계의 모순은 지금껏 만족스럽게 해명된 적이 없다. 현대 비극에도 마찬가지로 여성의 우월함이 존재한다. 여하튼 셰익스피어의 작품을 대충 살펴보기만 해도(말로나 존슨의 작품은 다르지만 웹스터의 작품은 비슷하다) 로잘린드에서부터 맥베스 부인에 이르기까지 여성의 이런 우월함과 주도권이 한결같이 지속된다는 사실이 충분히 드러난다. 라신의 작품도 마찬가지다. 그가 쓴 비극 중 여섯 편의 제목은 여주인공의 이름이다. 또한 그의 작품에 등장하는 남성 인물 중에서 에르미온느와 앙드로마크, 베레니스, 록산, 페드르, 아탈리에 대적할 인물이 있을까? 입센의 작품도 그렇다. 어떤 남자가 솔베이그와 노라, 헤다와 힐다 반겔, 레베카 웨스트와 맞먹겠는가? –F. L. 루카스, 『비극』, 114~115쪽. (원주)
**Euripides(BC484?~BC406?): 아이스킬로스, 소포클레스와 더불어 고대 그리스 3대 비극시인으로 꼽힌다.

불과했습니다.

이는 틀림없이 역사가들의 책을 먼저 읽고 시인들의 작품을 나중에 읽은 누군가가 창조한 기이한 괴물이었습니다. 독수리 날개가 달린 벌레, 아니면 부엌에서 쇠기름을 잘게 써는 생명과 아름다움의 정령이었지요. 그러나 이런 괴물은 상상하기에는 즐거울지 몰라도 현실에는 존재하지 않습니다. 여성에게 생기를 불어넣으려면 시적으로 생각하는 동시에 산문적으로 생각하며 현실과 계속 접촉해야 했습니다. 즉 그녀는 마틴 부인이고 서른여섯 살이며 파란색 옷을 입고 검은 모자를 쓰고 갈색 신발을 신었다는 사실 말이에요. 그러면서도 소설의 시각을 놓쳐서도 안 되는데, 그녀는 여기저기에서 끊임없이 번뜩이는 돌아다니는 온갖 활기와 영향력을 담은 그릇입니다. 그러나 엘리자베스 시대 여성에게 이 방법을 적용하는 순간, 빛줄기 하나가 꺾이고 맙니다. 사실 부족으로 멈추고 마는 것이지요. 그 시대 여성에 대한 세부사항이나 완벽한 진실이나 실체는 알 수가 없습니다. 역사에서 거의 언급하지 않으니까요. 나는 다시 트리벨리언 교수에게 돌아가 그에게 역사란 어떤 의미인지 알아보았습니다. 각 장의 제목을 보니 그에게 역사는 다음과 같은 의미더군요.

"중세 장원과 공동경작제…… 시토 수도회와 목양…… 십자군…… 대학…… 하원…… 백 년 전쟁…… 장미 전쟁…… 르네상스 학자들…… 수도원 해체…… 소작 쟁의와 종교 분쟁…… 영국 해군력의 기원…… 무적함대……." 기타 등등. 여성은 이따금씩 엘리자베스나 메리처럼 개별적으로 언급되는데 여왕이나 귀부인이었지요. 그러나 자신의 두뇌와 성품 외에 아무것도 자유롭게 쓸 수 없었던 중류층 여성은, 그 역사학자가 역사라고 생각하며 망라한 주요 활동에 전혀 참여할 수 없었습니다. 일화 모음집에서도 여성을 찾을 수 없습니다. 오브리*는 여성을 거의 언급하지 않습니다. 여성은 결코 자서전을 쓰지 않으며 일기도 거의 쓰지 않습니다. 몇 안 되는 편지만 남았습니다. 여성은 우리가 판단 기준으로 삼을 만한 희곡이나 시도 남기지 않았습니다. 우리에게 필요한 것은 풍부한 정보라는 생각이 들었습니다(뉴넘이나 거턴의 어느 뛰어난 학생이 제공해 주면 어떨까?). 여성은 몇 살에 결혼했고, 대개 자녀를 몇이나 낳았으며, 집은 어떤 모습이었고, 자기만의 방이 있었을까요? 직접 요리를 했을까요? 아니면 혹시 하인을 두었을까요? 이 모든 사실이 아마 교구 기록부나 회계 장부 어딘가에 있겠지요. 평범한 엘리자베스 시대 여성의 삶은 분명 어딘가에 흩어져 있을 테고, 그것을 모아 한 권의 책을 만들 수도 있을 것입니다. 있지도 않은 책들을 찾아 서가 곳곳을 돌아다니며, 나는 그 유명한 대학의 학생들에게 역사를 다시 쓰라고 제안하는 것은 도전할 수 없을 정도로 어마어마한 일일 것이라고 생각했습니다. 솔직히 역사는 본디 조금 기이하고 비현실적이며 편파적이기는 하지만 말입니다. 그러나 여성이 적절하게 등장하도록 역사에 부록을 덧붙이면 안 되는 이유가 무엇인가요? 물론 눈에 띄지 않는 표제를 달고 말이에요. 위인들의 삶에서 윙크나 웃음, 어쩌면 눈물

---

*영국의 전기 작가인 존 오브리(John Aubrey, 1626~1697).

을 감추고 배경으로 재빨리 사라지는 여성의 모습이 언뜻언뜻 보일 때가 많다고, 나는 종종 생각합니다. 그리고 어쨌든 우리는 제인 오스틴의 생애에 대해서는 충분히 압니다. 조애너 베일리의 비극이 에드거 앨런 포의 시에 미친 영향을 새삼 숙고할 필요는 거의 없어 보입니다. 개인적으로, 메리 러셀 미트퍼드의 집과 그녀가 자주 찾던 곳을 최소한 백 년 동안 대중에게 개방하지 않는다 해도 별 상관이 없습니다. 그러나 서가를 다시 둘러보며 나는 18세기 이전 여성에 대해 알려진 바가 없다는 사실이 참으로 개탄스럽다는 생각을 했습니다. 이런저런 면에서 고찰할 본보기가 머릿속에 하나도 없어요. 지금 나는 엘리자베스 시대 여성이 왜 시를 쓰지 않았는지 묻고 있지만, 그들이 어떻게 교육을 받았는지도 확실히 모릅니다. 그들이 쓰는 법을 배우기는 했는지, 자기만의 거실이 있었는지, 얼마나 많은 여성이 스물한 살 이전에 아이를 낳았는지, 요컨대 그들이 아침 여덟 시부터 저녁 여덟 시까지 무엇을 했는지 나는 모릅니다. 분명 돈은 있었습니다. 트리벨리언 교수에 따르면 여성은 아마 소녀티가 가시지도 않은 열다섯 살이나 열여섯 살에 원하건 원하지 않건 결혼을 했습니다. 이 사실만 보더라도 그런 여성이 갑자기 셰익스피어의 희곡 같은 작품을 썼다면 굉장히 이상한 일이었을 것입니다. 지금은 고인이지만 생전에 주교였던 노신사가 과거와 현재, 미래의 어떤 여성도 셰익스피어와 같은 재능을 갖지 못할 거라고 공언했던 일이 떠올랐습니다. 그는 신문에서 그런 이야기를 했어요. 또한 그는 자신에게 질문한 어느 부인에게 고양이는 사실 천국에 가지 못한다고 말하면서, 그래도 영혼은 있다고 덧붙였습니다. 그런 노신사들 덕분에 우리는 생각이란 걸 많이 하지 않아도 된답니다! 그들이 다가오면 무지의 경계가 움찔하며 좁혀지지요! 고양이는 천국에 가지 못합니다. 여성은 셰익스피어가 쓴 것 같은 작품을 쓸 수 없고요.

여하튼 서가에 꽂힌 셰익스피어의 작품을 보며, 나는 그 주교가 적어도 다음과 같은 점에서는 옳았다는 생각을 하지 않을 수 없었습니다. 셰익스피어의 시대에 여성이 셰익스피어와 같은 작품을 쓰기란 완전히, 전적으로 불가능했을 것입니다. 사실을 입수하기 몹시 어려우니, 셰익스피어에게 놀라운 재능을 타고난 여동생, 가령 주디스라는 동생이 있었다고 상상해 봅시다. 셰익스피어는 중등학교에 다녔을 가능성이 매우 큰데(그의 어머니는 유산 상속인이었습니다), 그곳에서 라틴어(오비디우스, 베르길리우스, 호라티우스)를 배우고 문법과 논리학의 기초를 배웠을 것입니다. 잘 알려진 대로 그는 토끼를 밀렵하고 아마도 사슴을 쏘아 죽이는 자유분방한 소년이었고 상당히 이른 나이에 동네 여자와 결혼했고 그녀는 상당히 이른 시기에 그의 아기를 낳았습니다. 이 불장난으로 그는 돈을 벌기 위해 런던에 오게 되었습니다. 그는 연극을 좋아했던 모양입니다. 무대 입구에서 말을 붙잡는 일부터 시작했습니다. 그는 금세 극장에서 일자리를 얻었고 성공한 배우가 되어 세상의 중심에서 모든 사람을 만나고 모든 사람을 알고 무대에서는 예술을 선보이고 거리에서는 재치를 뽐내며 심지어는 여왕이 사는 궁전에도 드나들었습니다. 그사이에, 남다른 재능을 타고난 그의 여동생은 집에 남아 있었다고 가정해 봅시다. 그녀는 오빠 못지않게 모험심이 강하고 상상력이 풍부하고 세상을 보고 싶은 마음이 들끓었습니다. 그러나 그녀는 학교에 다니지 못했습니다. 호라티우스와 베르길리우스를 읽기는커녕 문법과 논리학을 배울 기회도 없었습니다. 이따금씩 아마도 오빠의 것일 책 한 권을 들고 몇 페이지 읽었지요. 그러나 그 뒤에 부모님이 들어와 그녀에게 양말을 수선하든지 스튜를 살펴볼 것이지 책과 신문 근처에서 어슬렁거리지 말라고 말했습니다. 부모님은 날카롭지만 다정하게 말했을 것입니다. 여성에게 허락된 삶의 조건을 아는 현실적인 사람들이었으며 딸을 사랑했으니까요. 실제로 십중팔구 그녀는 아버지에게 눈에 넣어도 아프지 않을 자식이었을 것입니다. 그녀는 다락에 있는 사과 저장고에서 남몰래 글을 몇 쪽 휘갈기지만 주의 깊게 숨겨 두거나 불태웠습니다. 그러나 곧, 십대를 벗어나기도 전에, 동네 양모 상인의 아들과 약혼하게 되었습니다. 그녀는 결혼이 싫다고 소리쳤고 그 때문에 아버지에게 심하게 맞았습니다. 그 이후 아버지는 딸을 더 이상 꾸짖지 않았습니다. 대신 딸에게 아버지의 마음을 아프게 하지 말고 이 결혼 문제로 아버지의 얼굴에 먹칠하지 말라고 애원했습니다. 구슬 목걸이나 고급 페티코트를 주겠다고 말했습니다. 그렇게 말하는 아버지의 눈에는 눈물이 맺혀 있었습니다. 그녀가 어찌 아버지의 말을 거역할 수 있을까요? 어찌 아버지의 마음을 아프게 할 수 있을까요? 그녀를 밀어붙일 수 있는 것은 오직 타고난 재능의 힘뿐이었습니다. 그녀는 소지품을 간단히 꾸려 어느 여름밤 밧줄을 타고 내려왔고 런던을 향해 떠났습니다. 열일곱 살이 채 되지 않은 나이였습니다. 덤불 울타리에서 노래하는 새들보다도 그녀의 목소리가 더 음악처럼 들렸습니다. 그녀에게는 언어를 조율하는 날카로운 심미안이 있었으니 오빠가 가진 것과 같은 재능이었습니다. 오빠처럼 그녀도 연극을 좋아했습니다. 그녀는 무대 출입구에 서서, 연기를 하고 싶다고 말했습니다. 남자들이 면전에서 웃음을 터뜨렸습니다. 무대 감독인 뚱뚱하고 수다스러운 남자가 껄껄 웃어 댔습니다. 그는 춤추는 푸들과 연기하는 여자에 대해 큰 소리로 떠들어 대며, 여자는 절대 배우가 될 수 없다고 말했습니다. 그는 넌지시 뭐라 말했는데, 무슨 말을 했는지 여러분도 상상할 수 있을 것입니다. 그녀는 재주를 단련할 기회를 얻지 못했습니다. 선술집에서 저녁을 먹으려 하거나 한밤중에 길거리를 배회할 수는 있었을까요? 그러나 그녀의 재능은 소설에 대한 것이었고 남자들과 여자들의 삶을 풍족한 양식으로 삼고 싶은 열망으로 불탔습니다. 마침내(그녀는 매우 젊었고 잿빛 눈동자와 둥근 이마가 이상하게도 시인 셰익스피어를 닮았기에), 마침내 배우 겸 감독인 닉 그린이 그녀를 불쌍히 여겼습니다. 그녀는 그 신사의 아이를 뱄다는 사실을 깨달았고 그래서(시인의 마음이 여성의 몸에 갇히고 얽매였을 때 어떤 열기와 격렬함에 휩싸이는지 누가 가늠할 수 있을까요?) 어느 겨울밤 목숨을 끊었고 지금은 엘리펀트 앤드 캐슬* 밖 사거리 버스 정류장에 묻혀 있습니다.

셰익스피어 시대에 여성이 셰익스피어와 같은 재능을 타고났다면 이야기는 대략 이렇게 전개되었을 것입니다. 그러나 나로서는

---

*런던 남부 사우스워크 자치구에 있는 주요 교차로 주변 지역을 가리킨다.

고인이 된 그 주교(정말 주교였는지 모르지만)의 말에 동의하는데, 셰익스피어 시대에 여성이 셰익스피어와 같은 재능을 타고난다는 건 상상도 못할 일입니다. 셰익스피어와 같은 천재는 노동에 시달리고 교육을 받지 못한 노예 같은 사람들 사이에서 태어나지 않으니까요. 그런 천재는 과거 영국 색슨족과 브리튼족 사이에서는 태어나지 않았습니다. 오늘날 노동자 계급에서도 태어나지 않습니다. 하물며, 트리벨리언 교수에 따르면 유모의 보살핌에서 제대로 벗어나기도 전에 일을 시작한 여성들, 부모의 강요에 떠밀려 일하며 법률과 관습의 힘으로 그 일을 지속해나가는 여성들 사이에서 어찌 천재가 태어날 수 있었겠습니까? 노동자 계급에서도 분명 천재가 존재했을 테고 마찬가지로 여성들 중에서도 일종의 천재가 존재했던 것이 분명합니다. 이따금씩 에밀리 브론테나 로버트 번스*와 같은 이들이 눈부시게 빛나며 그 존재를 증명합니다. 그러나 그런 천재적 재능이 종이 위에서 드러난 적은 없습니다. 다만 물속에 빠진 마녀나 악귀가 든 여자, 약초를 파는 현명한 여인, 혹은 어머니가 있는 매우 비범한 남자의 이야기라도 읽을 때면, 실종된 소설가, 억압받은 시인, 말 없는 무명의 제인 오스틴, 혹은 자신의 재능이 가한 고문에 미쳐 버린 나머지 황무지에 머리를 짖어 대거나 얼굴을 찌푸리고 도로를 배회하는 에밀리 브론테의 자취를 발견했다고 생각해도 좋을 것입니다. 과감한 추측이지만 사실 나는 수많은 시를 쓰고도 서명을 남기지 않은 익명의 각자

---

*Robert Burns(1759~1796): 가난한 농부의 아들로 태어난 스코틀랜드 시인으로, 스코틀랜드 고유의 방언으로 서민의 삶을 표현한 서정시로 많은 사랑을 받았다.

가 많은 경우 여성이었을 거라고 생각합니다. 짐작컨대 연가와 민요를 만들어 그 노래를 아이들에게 부드럽게 불러 준 사람, 실을 자을 때나 긴 겨울밤에 그 노래로 마음을 달랜 사람에 대해 에드워드 피츠제럴드*가 말할 때 그는 바로 여성을 암시한 것입니다.

이 말은 사실일 수도 있고 아닐 수도 있지만(누가 알겠어요?), 내가 지어낸 셰익스피어의 여동생 이야기를 되새겨 보면 내가 보기에 이 말에 담긴 진실이 있으니, 16세기에 뛰어난 재능을 타고 난 여성은 분명 미쳐 버렸거나, 총으로 자살을 했거나, 반은 마녀 반은 요술쟁이로 공포와 비웃음의 대상이 되어 마을 밖 쓸쓸한 오두막에서 생애를 마쳤을 것입니다. 재능이 뛰어난 소녀가 시에 대한 자신의 재능을 펼치려 애쓰다 타인들에 의해 그렇게 꺾이고 방해 받았다면, 자신의 모순된 본능에 의해 그토록 고통받고 쇠약해 졌다면, 틀림없이 건강과 온전한 정신을 잃었을 것임을, 심리학적인 기술이 거의 없더라도 알 수 있기 때문입니다. 런던까지 걸어가 무대 출입구에 서서 억지로라도 배우 겸 감독을 만나려 한 소녀가 있다면 반드시 폭행을 당하고 괴로움을 겪었을 것입니다. 이는 몰상식한 처사였겠지만(순결은 알 수 없는 이유로 특정 사회에서 발명된 집착의 대상일 테니까요), 그럼에도 불가피했습니다. 당시에 순결이란 (지금도 그렇지만) 여성의 삶에서 종교만큼이나 중요했고 신경과 본능을 단단히 휘감고 있었기에, 그것을 해방해 햇빛 아래 드러내려면 아주 비범한 용기가 필요합니다. 시인이고 극작가인

*Edward Fitzgerald(1809~1883): 19세기 영국의 시인 겸 번역가. 11세기 페르시아 시인 오마르 하이얌의 시집을 번역한 『오마르 하이얌의 루바이야트』로 유명하다.

여성에게 16세기 런던에서 자유로운 삶을 살았다는 말은 초조한 압박감과 딜레마에 시달렸다는 뜻이고 그로 인해 당연히 죽음에 이르고 말았을 것입니다. 살아남았다고 해도, 그녀가 쓴 작품은 긴장되고 병적인 상상력에서 나온 탓에 모두 왜곡되고 변형되었을 것입니다. 그리고 분명, 여성이 쓴 작품은 서명 없이 출간되었을 거라고, 여성이 쓴 희곡이 하나도 꽂히지 않은 서가를 바라보며 나는 생각했습니다. 여성은 틀림없이 그런 도피처를 찾았을 것입니다. 최근인 19세기가 될 때까지 여성에게 익명을 지시한 것은 바로 순결 이데올로기라는 유물이었습니다. 커러 벨*, 조지 엘리엇, 조르주 상드는 그들의 글이 입증하듯 내적 갈등의 희생자로, 남자의 이름을 써서 자신을 가리려고 헛되이 노력했습니다. 이렇게 하여 그들은 남성이 주입하지는 않았더라도 아낌없이 장려한 인습(여성에게 최고의 영광은 거론되지 않는 거라고, 수없이 거론되는 페리클레스가 말했지요), 여성의 이름이 세상에 알려지는 것은 혐오스러운 일이라는 인식에 경의를 표한 셈이었습니다. 여성의 혈관에는 익명성이 흐릅니다. 모습을 감추고 싶은 욕망이 여전히 여성을 사로잡고 있습니다. 심지어 지금도 여성은 자신의 명성이 어떤 상태인지 남성만큼 염려하지 않으며, 일반적으로 말해 묘비나 표지판을 지날 때 거기에 앨프나 버트, 체스 같은 남자들처럼 자신의 이름을 새기고 싶은 불가항력적인 욕망을 느끼지는 않을 것입니다. 그러나 남자들은 자신의 본능에 굴복하여 그렇게 해야만 하는데, 그들의 본능은 아름다운 여인이나 개가 지나가는 모습만

---

*샬럿 브론테의 필명.

봐도 '스 시엥 에 타 므와'*라고 중얼거립니다. 그리고 물론 런던 의회 광장과 지게스 알레** 및 다른 거리들을 떠올려 보면, 그것 은 비단 개 한 마리가 아닐 것입니다. 땅 한 구획이나 검은 곱슬머리 남자일 수도 있습니다. 매우 아름다운 여자를 스쳐가면서도 그녀를 영국 여자로 만들고 싶어 하지 않는 것이 여성으로서 누리는 큰 이점 중 하나입니다.

그러니 16세기에 시적 재능을 타고났던 그 여인은 자기 자신과 다투는 불행한 여인이었습니다. 그녀의 모든 생활 여건, 그녀의 모든 본능은 머릿속에 있는 것을 자유롭게 풀어놓기 위해 필요한 마음 상태와 대립했습니다. 그러나 창조 행위에 가장 알맞은 마음 상태는 무엇일까? 나는 질문했습니다. 그 낯선 활동을 가능하게 하고 촉진하는 것이 무엇인지 조금이라도 이해할 수 있을까요? 이때 나는 셰익스피어의 비극이 실린 책을 펼쳤습니다. 예를 들어 『리어 왕』과 『안토니우스와 클레오파트라』를 썼을 때 셰익스피어의 마음 상태는 어땠을까요? 분명 지금껏 존재하지 않았던 시를 쓰기에 가장 좋은 마음 상태였겠지요. 그러나 셰익스피어는 그 점에 대해 직접 말하지는 않았습니다. 우리는 그저 그가 '글귀 하나 잘못 쓰지 않았다'는 사실만 어쩌다 우연히 알 뿐이지요. 실제로 18세기쯤 되어서야 예술가는 자신의 마음 상태에 대해 말하기 시작했습니다. 루소가 그 시작이었을 겁니다. 어쨌든 19세기에는 자의식이 대단히 발달한 상태여서 문인들은 관습처럼 고백록과 자

---

*Ce chien est a moi: 프랑스어로 '저 개는 내 거야'라는 뜻.
**독일 베를린에 있는 대로로 '승리의 길'이라는 뜻.

서전에 자신의 마음을 묘사했습니다. 그들의 삶도 책으로 쓰였고 그들이 주고받은 편지가 사후에 출간되었습니다. 따라서 우리는 셰익스피어가 『리어 왕』을 썼을 때 어떤 상태였는지 모르지만, 칼라일이 『프랑스 혁명』을 쓸 때 어떤 상태였는지, 플로베르가 『보바리 부인』을 쓸 때 어떤 상태였는지는 잘 압니다. 키츠가 다가오는 죽음과 세상의 무관심에 맞서 시를 쓰려고 했을 때 어떤 상태였는지도 알지요.

그리고 고백과 자기 분석으로 가득한 이 거대한 현대문학을 보면, 천재적인 작품이 십중팔구 어마어마한 어려움을 겪어 낸 위업임을 알게 됩니다. 천재적인 작품이 작가의 마음에서 온전히 나올 기회를 모든 것이 가로막습니다. 대개는 물리적 환경이 걸림돌입니다. 개들이 짖어 댑니다. 사람들이 방해합니다. 돈을 벌어야 합니다. 건강이 망가집니다. 뿐만 아니라 이 모든 방해를 도드라지게 만들어 더욱 견디기 힘들게 하는 것은 세상의 악명 높은 무관심입니다. 세상은 사람들에게 시나 소설, 역사책을 쓰라고 부탁하지 않습니다. 필요하지 않으니까요. 세상은 플로베르가 정확한 단어를 찾든지 말든지, 칼라일이 이런저런 사실을 깐깐하게 검증하든지 말든지 상관하지 않습니다. 당연히 세상은 원치 않는 것에 돈을 지불하지 않을 것입니다. 그래서 키츠, 플로베르, 칼라일 같은 작가들은 창의력이 넘치는 젊은 시절에 특히, 온갖 형태의 혼란과 좌절로 괴로워합니다. 자기 분석과 고백을 담은 그런 책들에서는 저주가, 고통 어린 비명이 솟구칩니다. '비참한 죽음을 맞은 위대한 시인들……' 이것은 그들이 부르는 노래의 후렴입니다. 이 모든 어려움을 겪고도 뭔가 나타난다면 그것은 기적이며, 처음 구상했을 때처럼 온전하고 말짱하게 태어나는 책은 아마 없을 것입니다.

그러나 여성에게는 이런 어려움이 한없이 막강했을 거라고, 텅빈 서가를 보며 나는 생각했습니다. 우선, 조용한 방이나 방음이 되는 방은 고사하고 자기만의 방을 갖는다는 것은, 부모가 유달리 부유하거나 신분이 매우 높지 않는 한 19세기 초까지도 얼토당토않은 일이었습니다. 아버지의 호의에 좌우되는 용돈은 그저 입을 옷을 마련할 수준이었기 때문에, 여성은 키츠나 테니슨이나 칼라일 등 가난한 남자들에게도 가능했던 도보 여행이나 프랑스까지의 짧은 여행, 혹은 누추할지언정 가족들의 요구와 독재로부터 보호해 줄 독립된 숙소 등 고통을 덜어 낼 기회를 누리지 못했습니다. 그렇게 막강한 물리적 어려움이 있었지만, 더욱 심각한 것은 정신적 어려움이었습니다. 키츠와 플로베르와 다른 남성 천재들이 견디기 어렵다고 느꼈던 세상의 무관심은 여성의 경우에는 무관심이 아니라 적대감이었습니다. 세상은 남성에게 말하듯이 여성에게도 '원한다면 글을 써라. 나와 별 상관없으니.'라고 말하지 않았습니다. 세상은 박장대소를 터뜨리며 말했습니다. '글을 쓴다고? 그 글이 무슨 소용인데?' 이 시점에서 뉴넘과 거턴의 심리학자들이 도움이 될 거라고, 나는 서가의 빈 공간으로 다시 눈길을 돌리며 생각했습니다. 유제품 회사에서 평범한 우유와 A등급 우유가 쥐의 몸에 어떤 영향을 미치는지 측정하는 모습을 본 적이 있는데, 우리도 좌절이 예술가의 마음에 미치는 영향을 측정할 때가 된 것이 확실하니까요. 유제품 회사에서는 나란히 놓은 우리 속에 쥐 두 마리를 각각 넣었는데 둘 중 한 마리는 눈치를 보는 등 소심하며 몸집이 작았지만, 다른 쥐는 윤기가 흐르고 대담하며 몸집이 컸습니다. 그렇다면 우리는 예술가인 여성에게 어떤 음식을 먹이나요? 말린 자두와 커스터드 소스가 나왔던 그 저녁 식사가 떠올라서 이런 질문이 나온 모양입니다. 석간신문을 펼쳐 버큰헤드 경의 의견을 읽기만 해도 그 질문에 답할 수 있습니다. 그러나 정말이지 여성의 글쓰기에 대한 버큰헤드 경의 의견을 그대로 옮기는 수고는 하지 않겠습니다. 잉 사제가 한 말도 조용히 내버려 둘 겁니다. 런던 할리가의 의사가 노호(怒號)를 내질러 할리가에 그 소리가 메아리치더라도 나는 눈썹 하나 까딱하지 않을 것입니다. 그러나 오스카 브라우닝 씨의 말은 인용할 것입니다. 오스카 브라우닝 씨는 한때 케임브리지 대학의 거물이었고 거턴과 뉴넘의 학생들에게 시험을 실시하곤 했으니까요. 오스카 브라우닝 씨는 '어느 시험이건 답안지를 살펴본 뒤 머리에 남는 인상은 그가 줄 점수와는 상관없이, 가장 뛰어난 여학생이라 해도 가장 뒤처지는 남학생보다 지적으로 열등하다는 점'이라고 버릇처럼 공언했습니다. 브라우닝 씨는 그 말을 한 뒤 자기 방으로 돌아갔는데 (그가 중요하고 위엄 있는 성인으로 여겨지며 사랑받는 이유가 바로 이 뒷이야기 때문입니다), 돌아가 보니 마구간에서 일하는 소년이 소파에 누워 있었습니다. '그야말로 뼈만 남았으니, 소년의 뺨은 푹 꺼진 데다 병색이 짙었고, 이는 새까맸으며, 팔다리를 가누지 못하는 것처럼 보였다…… "아서로군." (하고 브라우닝 씨가 말했다.)

"정말 사랑스럽고 고결한 소년이야.'" 두 그림은 나에게 언제나 서로를 보완하는 것처럼 보입니다. 그리고 다행스럽게도, 이런 자서전의 시대에 두 그림이 대개 서로를 보완해 주니 우리는 위인들이 한 말뿐만이 행동으로도 그들의 의견을 해석할 수 있습니다.

그러나 지금은 이런 해석이 가능하더라도, 오십 년 전에는 중요한 인물들의 입에서 나온 의견이 막강한 힘을 발휘했던 게 분명합니다. 어떤 아버지가 딸이 집을 떠나 작가나 화가, 학자가 되는 것을 매우 고매한 동기에서 원치 않았다고 가정해 봅시다. 그는 이렇게 말했을 겁니다. '오스카 브라우닝 씨가 뭐라고 하는지 봐라.' 비단 오스카 브라우닝 씨만 있지는 않았습니다. 〈새터데이 리뷰〉가 있었고, 그레그 씨가 있었으며('여성이라는 존재의 본질은 남성의 부양을 받고 남성의 시중을 드는 것이다'라고 그레그 씨는 단호히 말했지요), 지적인 면에서 여성에게 무엇도 기대할 수 없다는 취지로 남성들이 말한 의견이 어마어마하게 많았습니다. 그녀의 아버지가 이런 의견을 큰 소리로 읽어 주지 않았더라도, 어떤 소녀든 직접 읽을 수 있었습니다. 그리고 19세기에조차 그런 글은 소녀의 활력을 꺾고 그녀의 작품에 극심한 영향을 미쳤던 게 분명합니다. 저항하고 극복해야 할 그런 주장(너는 이것을 할 수 없다, 그런 일을 할 능력이 없다)는 언제나 존재했을 것입니다. 아마 소설가에게는 이런 병균이 더 이상 큰 영향을 미치지 못하는 것 같습니다. 훌륭한 여성 소설가들이 있었으니까요. 그러나 화가에게는 여전히 가시처럼 고통을 주는 게 분명합니다. 그리고 제 생각에 음악가들에게는 지금까지도 유효하며 극도로 유독하게 작용하는 세

균입니다. 여성 작곡가는 셰익스피어 시대 여배우와 같은 처지입니다. 내가 지어낸 셰익스피어의 여동생 이야기를 떠올려 보면, 닉 그린은 연기하는 여성이 춤추는 개를 연상시킨다고 말했다는군요. 이백 년 뒤에는 새뮤얼 존슨이 설교하는 여성에 대해 똑같은 말을 했습니다. 이 시점에서 나는 음악을 다룬 책을 펼치며 서기 1928년인 지금, 작곡을 하려는 여성에 대해서도 우리가 똑같은 말을 한다고 읊조렸습니다. '제르멘 타유페르* 양에 대해서는 여성 목자에 대한 존슨 박사의 금언을 음악 용어로 바꾸어 되풀이하기만 하면 된다. "선생, 여자가 작곡한다는 건 개가 뒷다리로 걷는 것과 마찬가지입니다. 잘하지는 못하지만 한다는 사실 자체로 놀랍지요."** 역사는 이토록 정확하게 반복됩니다.

그래서 나는 오스카 브라우닝 씨의 전기를 덮고 나머지 책을 밀어내며, 19세기에도 여성은 예술가가 되도록 격려 받지 못했음이 매우 분명하다고 결론을 내렸습니다. 반대로 여성이 받은 것은 냉대와 비난, 설교와 훈계였습니다. 이에 저항하고 반박해야 했기에 여성은 마음이 긴장되고 활력이 약해졌던 게 분명합니다. 이렇게 다시 우리는 여성의 활동에 그토록 큰 영향을 미쳤던, 매우 흥미롭고도 모호한 남성의 콤플렉스라는 영역에 접근하게 됩니다. 그것은 여성이 열등하다기보다는 남성이 우월해야 한다는 뿌리 깊은 욕망으로, 남성을 예술의 선두에 배치할 뿐 아니라 정치로 가

---

*Germaine Tailleferre(1892~1983): 프랑스 파리 몽파르나스에서 활동한 젊은 작곡가들인 '프랑스 6인조' 중 유일한 여성이었다.
**세실 그레이, 『현대음악개론』, 246쪽. (원주)

는 길도 막아 버리는 등 그 욕망은 어디에나 버티고 있습니다. 심지어 남성이 감수할 위험이 아주 적어 보이고 탄원자가 겸손하고 헌신적일 때도 말이지요. 정치를 향한 열정으로 가득했던 베스버러 부인조차도 내가 기억하기로는 겸손히 몸을 낮추어 그랜빌 레베슨가워 경에게 편지를 써야 했습니다. "……제가 열렬한 태도로 정치 활동을 하고 그 주제에 대해 많은 이야기를 하기는 하지만, 여성이 정치나 다른 진지한 문제에 대해 (질문을 받았을 경우) 의견을 제시하는 정도라면 몰라도 그 이상 참견할 권리가 없다는 당신의 입장에 전적으로 동의합니다." 그리고 그렇게 그녀는 어떤 장애물도 마주치지 않는 곳, 즉 그랜빌 경의 첫 하원 연설이라는 지극히 중요한 주제에 자신의 열정을 쏟기 시작하지요. 정말 이상한 광경이라고, 나는 생각했습니다. 여성 해방에 반대하는 남성의 역사가 아마 여성 해방 역사 자체보다 더 흥미로울 것입니다. 거턴이나 뉴넘의 어느 젊은 여학생이 사례를 모아 가설을 도출해 낸다면 재미있는 책이 나올 것입니다. 그러나 그 학생은 손에 두꺼운 장갑을 끼고 그 순금을 보호해 줄 막대기를 들어야겠지요.

그러나 지금은 재미있어도 한때는 분명 매우 진지하게 여겨졌을 거라고, 베스버러 부인의 책을 덮으며 나는 생각했습니다. 장담컨대 지금은 '꼬끼오 꼬꼬'라고 이름 붙인 책에 오려 붙여 두고 선택된 청중에게 여름밤에 읽어 주려 보관해 두는 의견이 한때는 눈물을 자아냈답니다. 여러분의 할머니와 증조할머니 중에도 많은 이들이 펑펑 울었습니다. 플로렌스 나이팅게일은 괴로워하며 큰 소리로 비명을 질렀습니다.* 게다가, 여러분은 대학에 들어와 자기만의 거실(아니면 침실 겸 거실인가요?)을 누리고 있으니 천재라면 그런 의견을 무시해야 한다고, 천재는 사람들의 평가를 신경 쓰지 않아야 한다고 말하는 게 당연합니다. 불행히도, 사람들의 평가에 가장 많이 신경 쓴 사람은 천재적 재능을 타고난 남녀입니다. 키츠를 생각해 보세요. 그가 묘비에 새긴 문구를 떠올려 보세요.** 테니슨을 생각해 보세요. 생각해 보는 건 좋지만, 자신에 대한 말에 지나치게 신경 쓰는 것이 예술가의 본성이라는, 매우 유감스럽지만 부인할 수 없는 사실의 예시를 지금 계속 늘어놓을 필요는 없습니다. 문학은 사리를 분별하지 못할 만큼 타인의 의견에 신경 써 온 사람들의 잔해로 뒤덮였습니다.

창조적인 작업에 어떤 마음 상태가 가장 적합하냐는 원래 질문으로 되돌아오니, 그들의 이런 민감성은 이중으로 불행하다는 생각이 들더군요. 자기 속에 있는 작품을 온전하게 해방하기 위해 엄청난 노력을 제대로 쏟으려면, 예술가의 마음은 셰익스피어의 마음처럼 눈부시게 빛나야 한다고, 나는 『안토니우스와 클레오파트라』의 펼쳐진 부분을 바라보며 추측했습니다. 그 속에는 어떤 장애물도 있어서는 안 되며, 소멸되지 않은 이물질도 있어서는 안 됩니다.

우리는 셰익스피어의 마음 상태에 대해 전혀 모른다고 말하지

---

*R. 스트레이치의 『대의』에 실린 플로렌스 나이팅게일의 『카산드라』 참조. (원주)
**키츠의 묘비에는 그가 지시한 대로 '이름이 물에 기록된 자 여기 잠들다.'라는 문구가 새겨졌다.

만, 그렇게 말할 때조차 셰익스피어의 마음 상태에 대해 뭔가를 말하는 셈입니다. 존 던이나 벤 존슨, 밀턴에 비해 우리가 셰익스피어에 대해 아는 점이 거의 없는 이유는 아마도 그의 원한과 악의, 반감이 우리에게 숨겨져 있기 때문일 것입니다. 우리는 작가를 떠올리게 하는 어떤 '폭로'에 넘어가지 않습니다. 항의하고 훈계하고 상처를 공공연히 드러내고 보복하고 세상을 어떤 시련과 불만의 증인으로 삼으려는 욕구는 모두 그에게서 벗어나 불타 없어졌습니다. 따라서 그의 시는 방해받지 않고 자유롭게 그로부터 흘러나옵니다. 자신의 작품을 완전하게 표현해 낸 사람이 있었다면, 바로 셰익스피어입니다. 방해받지 않고 눈부시게 빛난 마음이 있었다면 바로 셰익스피어의 마음이라고, 나는 다시 서가로 눈을 돌리며 생각했습니다.

rest.

I feel certain that I am going
again. I feel we can't go
through another of those terrible times.
I shant recover this time. I begin to
hear voices, + can't concentrate.
I am doing what seems the best
thing to do. You have given
me greatest possible happiness.

4장

...you
...life could have been...
...this terrible disease came. I cant
...fight it any longer. I know that I am
spoiling your life, that without me you
could work. And you will I know...
...yes. I cant even write this properly.
I cant read. What I want to say is that
I owe all the happiness of my life to you
...have been entirely patient with me +
incredibly good. I want to say that
everybody knows it. If anybody...

16세기에 그런 마음 상태를 가졌던 여성을 찾기란 분명 불가능한 일이었습니다. 무릎 꿇고 두 손을 모은 그 모든 아이들로 둘러싸인 엘리자베스 시대 묘비와 여성들의 때 이른 죽음을 생각하기만 해도, 어둡고 비좁은 방이 딸린 그들의 집을 보기만 해도, 그 당시에 여성이 시를 쓸 수 없었으리라는 사실을 깨닫게 되지요. 우리는 아마 그보다 훨씬 뒤에 어느 귀부인이 상대적인 자유와 안락함을 이용해, 괴물로 여겨질 위험을 무릅쓰고 자기 이름으로 뭔가를 출판했으리라는 사실을 알게 될지도 모릅니다. 레베카 웨스트 양의 '극악무도한 페미니즘'처럼 들리지 않도록 조심스레 말을 잇자면, 물론 남자들은 속물이 아닙니다. 그러나 그들은 대개 시를 쓰는 백작부인의 노력을 동정 어린 시선으로 평가합니다. 아마 작위가 있는 귀부인은 당시 이름 없는 오스틴 양이나 브론테 양보다 훨씬 대단한 격려를 받았을 것입니다. 그러나 그 귀부인의 마음은 두려움과 증오 같은 생경한 감정으로 뒤숭숭했을 테니 그녀의 시에 그런 불안의 흔적이 나타났을 것입니다. 예를 들어 윈칠시 부인*이 그렇다고, 나는 그녀의 시집을 꺼내며 생각했습니다. 그녀는 1661년에 태어났습니다. 태생으로 보나 혼인으로 보나 귀족이었습니다. 아이는 없었습니다. 그녀는 시를 썼고, 그녀의 시집을 펼치기만 해도 여성의 지위에 얼마나 분노를 터뜨렸는지 알 수 있습니다.

> 우리는 얼마나 추락했는지! 그릇된 풍습으로 추락하고
> 자연보다는 교육으로 바보가 되었구나.
> 정신적 발전은 모두 금지당하고
> 아둔하게 여겨지고 그리 만들어지는구나.
> 누군가 더 열띤 상상력과 밀려오는 야망으로
> 다른 이들 위로 솟구친다면
> 격렬한 반대파가 등장할 테고
> 번영의 희망은 두려움을 압도하지 못하는구나.

분명 그녀의 마음은 '어떤 장애물도 없고 소멸되지 않은 이물질도 없는' 상태가 아니었습니다. 반대로 증오와 불만에 시달려 어지럽습니다. 그녀에게 인류는 두 당파로 나뉩니다. 남성은 '반대파'입니다. 남성은 미움과 두려움의 대상인데, 그녀가 원하는 것, 즉 글쓰기를 가로막는 힘이 있기 때문입니다.

---

*윈칠시 백작부인인 앤 핀치(Anne Finch, 1661~1720).

아아! 펜을 들고자 하는 여인은

참람한 피조물로 여겨져

어떤 미덕으로도 그 잘못을 만회할 수 없구나.

그들은 우리가 우리의 성과 방식을 혼동한다고 말한다.

올바른 예의범절, 유행, 춤, 옷, 놀이

이런 것이 우리가 탐내야 하는 소양이라고.

글을 쓰거나 읽는 것, 생각하는 것, 질문하는 것은

우리의 아름다움을 흐리게 만들고 시간을 고갈하며

우리의 한창때에 정복해야 할 것을 방해한다고.

반면 독창성 없는 집을 지루하게 돌보는 것이야말로

우리에겐 최고의 예술이자 특권이라고.

사실 그녀는 자신이 쓴 글이 절대 출판되지 않을 거라 예상하며 글을 계속 쓰도록 자신을 독려해야 했고 슬픈 노래로 마음을 달래야 했습니다.

몇 안 되는 친구들에게, 그리고 그대의 슬픔에게 노래하라

월계수 숲은 결코 그대를 위한 것이 아니므로.

그대의 그늘을 짙게 드리우고 그곳에서 자족하라.

그러나 만약 그녀가 증오와 두려움으로부터 마음을 해방해 거기에 비통함과 분노를 쌓아 올리지 않을 수 있었다면, 분명 그녀의 내부에서 뜨거운 불길이 타올랐을 것입니다. 이따금씩 순수한

시의 언어가 흘러나옵니다.

> 바래어 가는 비단에 수놓지도 않으리라
> 흉내 낼 수 없는 장미를 희미하게.

머리 씨*는 이런 구절에 공정한 찬사를 보냈고, 포프는 다음과 같은 시구를 기억하고 빌려 썼다고 합니다.

> 이제 노랑 수선화가 연약한 머리를 압도하니
> 그 향기로운 고통 아래 우리는 정신을 잃는다.

이런 작품을 쓸 수 있는 여성, 자연과 사색에 어울리는 정신을 소유한 여성이 분노와 비통함을 느낄 수밖에 없었다니 몹시 애석한 일입니다. 그러나 그녀 혼자 어찌 이 상황에서 벗어날 수 있었을까요? 나는 조롱과 비웃음, 아첨꾼들의 아부, 전문 시인들의 회의적인 태도를 떠올리며 질문했습니다. 남편이 더없이 다정하고 결혼 생활이 완벽했더라도, 그녀는 시골 방 안에 틀어박혀 글을 썼을 테고 아마 비통함과 양심의 가책으로 마음이 갈가리 찢겼을 것입니다. 그랬을 거라고 내가 말한 이유는 윈칠시 부인에 대한 사실을 찾아내려고 해도 알려진 내용이 거의 없기 때문입니다. 그녀는 우울증에 끔찍하게 시달렸는데, 이는 그녀가 우울증에 사로

---

*John Middleton Murry(1889~1957): 영국의 시인이자 문학비평가로, 60여 권이 넘는 저서와 수많은 평론 및 에세이를 쓰는 등 활발히 활동했다.

잡혔을 때 상상했을 내용을 우리에게 들려주는 모습에서 어느 정도 알 수 있는 사실입니다.

내 시는 매도되고 내 활동은
쓸모없는 바보짓, 주제넘은 과실로 여겨지네.

이렇게 비난을 받은 활동이란, 어느 모로 보나 들판을 이리저리 거닐며 몽상에 잠기는 것처럼 해롭지 않은 것이었습니다.

내 손은 색다른 것을 찾아내기 좋아해
알려진 길, 평범한 길을 벗어나네
바래어 가는 비단에 수놓지도 않으리라
흉내 낼 수 없는 장미를 희미하게.

이것이 그녀의 습관이자 기쁨이었다면, 당연히 비웃음을 살 수밖에 없었을 것입니다. 따라서 포프 아니면 게이*가 그녀를 '끼적거리고 싶어 안달한 파란 스타킹'이라고 비꼬았다고 합니다. 그녀가 게이를 비웃는 바람에 심사가 뒤틀렸다는 이야기도 있지요. 그녀는 게이가 쓴 『트리비아』가 그가 '의자에 앉기보다는 의자 앞에서 걸어 다니는 데 알맞은 사람'임을 보여 준다고 말했지요. 그러나 이것은 모두 '의심스러운 소문'이며 '흥미롭지 않다'고, 머리 씨는 말합니다. 그러나 나는 그 말에 동의하지 않습니다. 들판을 떠

*John Gay(1685~1732): 영국의 시인 겸 극작가로 대표작은 〈거지 오페라〉가 있다.

돌며 색다른 것에 대해 생각하고 '독창성 없는 집을 지루하게 돌보는 것'을 그토록 경솔하게, 그토록 분별없이 멸시했던 이 우울한 귀부인의 모습을 찾아내거나 만들어 낼 수 있도록, 의심스러운 소문이라도 많았으면 좋겠다는 생각이니까요. 그러나 그녀의 작품은 산만해지고 말았다고, 머리 씨는 말합니다. 그녀의 재능은 잡초로 온통 뒤덮이고 가시나무로 에워싸이고 말았습니다. 그 훌륭하고 빼어난 재능을 고스란히 선보일 기회가 없었습니다. 그래서 나는 그녀를 서가로 되돌려 보내고 다른 위대한 귀부인, 찰스 램에게 사랑을 받았고 윈칠시 부인보다 나이는 많았지만 동시대인으로 무모하며 변덕스러웠던 뉴캐슬 공작부인인 마거릿*에게 눈길을 돌렸습니다. 두 사람은 매우 달랐지만, 둘 다 귀족이었고 자녀가 없었으며 최고의 남편감과 결혼했다는 점에서는 비슷했습니다. 둘 다 시를 향한 똑같은 열정을 불태웠고 둘 다 같은 이유로 훼손되고 망가졌습니다. 공작부인의 책을 펼치면 똑같이 터져 나오는 분노가 발견됩니다. "여성은 박쥐나 올빼미처럼 살고, 짐승처럼 일하며, 벌레처럼 죽는다……." 마거릿 역시 시인이 되었을 것입니다. 우리 시대였다면 그 모든 활동이 어떤 운명의 수레바퀴를 돌렸을 것입니다. 그러나 사실 그 자유분방하고 풍부하며 교육받지 못한 지성을 그 무엇이 구속하거나 길들이거나 인간에게 유용하게끔 교화할 수 있었을까요? 그녀의 지성은 운문과 산문, 시와 철학이라는 급류를 타고 뒤죽박죽 쏟아져 나왔고 이제는 아무

*Margaret Cavendish(1623~1673): 서구 최초의 서간 문집과 여성을 위한 최초의 자연과학도서를 펴내는 등 활발히 활동한 문인.

도 읽지 않는 2절판과 4절판 책 속에 응고되어 있습니다. 그녀는 손에 망원경을 들었어야 합니다. 별을 보고 과학적으로 추론하는 법을 배웠어야 합니다. 그녀의 지성은 고독과 자유로 인해 변질되었습니다. 누구도 그녀를 저지하지 않았습니다. 누구도 그녀를 가르치지 않았습니다. 교수들은 아첨을 떨었습니다. 궁정에서는 조롱을 퍼부었습니다. 에거튼 브리지스 경은 "궁정에서 자란 상류층 여성에게서 흘러나오는 것"으로 보기에는 그녀의 행동이 거칠다고 불만을 표시했습니다. 그녀는 웰백에 혼자 틀어박혔어요.

마거릿 캐번디시를 생각할 때 떠오르는 고독과 방종에 사로잡힌 그 모습! 마치 거대한 오이가 정원의 모든 장미와 카네이션 위로 몸을 뻗고 그 꽃들을 목 졸라 죽여 버린 것과 마찬가지입니다. "가장 훌륭하게 자란 여성은 가장 호의적인 마음을 가진 여성"이라고 썼던 여인이 무의미한 글을 끼적거리며 어둠과 어리석음에 더욱 깊이 빠져들어 시간을 허비하다가 결국 외출할 때면 마차 주변에 사람들이 모여드는 처지가 되었으니, 얼마나 안타까운 일인가요? 분명 그 미친 공작부인은 영리한 소녀들에게 겁을 주는 유령으로 전락하고 말았습니다. 이때 나는 공작부인의 책을 치우고 도로시 오즈번*의 서간집을 폈는데, 도로시가 템플 경에게 공작부인의 새 책에 대해 쓴 편지가 있다는 사실이 떠올랐습니다. "그 불쌍한 여자는 이성을 잃은 게 분명해요. 그러지 않았다면 책을, 그것도 운문으로 쓰려고 할 만큼 터무니없는 행동은 하지 못했겠지

---

*Dorothy Osborne(1627~1695): 윌리엄 템플 경과 1655년에 결혼했으며 그에게 보낸 편지를 모아 엮은 책이 출간되었다.

요. 저라면 두 주 동안 잠을 이루지 못하더라도 그렇게 되진 않을 거예요."

이렇게, 지각 있고 겸손한 여자라면 책을 쓸 수 없었을 것이므로, 예민하고 우울하며 기질적으로 공작부인과 정반대인 도로시는 아무것도 쓰지 않았습니다. 편지는 예외였습니다. 여자는 아버지의 병상 옆에 앉아 있는 동안 편지를 썼을 것입니다. 남자들이 대화를 나누는 동안 여자는 난롯가에 앉아 남자들에게 방해가 되지 않도록 편지를 썼을 것입니다. 도로시의 서간집을 넘겨 보는데, 교육받지 못했고 혼자 지낸 소녀가 문장 구성과 장면 연출에 이토록 뛰어난 재능을 보이다니 신기하다는 생각이 들었습니다. 계속되는 도로시의 이야기를 들어 보세요.

"식사를 마친 뒤 우리가 앉아서 이야기를 나누고 있는데 B 씨가 뭔가 물어보러 와서 저는 자리를 떴어요. 더운 낮에는 책을 읽거나 일을 하며 보냈고 여섯 시나 일곱 시쯤에는 집 근처 공터로 나갔는데 많은 여자아이들이 양과 암소들을 돌보며 그늘에 앉아 민요를 부르고 있었어요. 그쪽으로 다가가 그 아이들의 목소리와 아름다움을 책에서 읽은 고대의 여자 양치기들과 비교해 보았더니, 매우 다르기는 했지만 정말이지 그 아이들이 여자 양치기들만큼이나 천진하다는 생각이 들었지요. 그 아이들에게 말을 걸어 보았는데, 그 아이들은 부족한 게 없다고 느끼는, 세상에서 가장 행복한 사람들이었지만 자기들이 그렇다는 사실을 모르더군요. 대화를 나누는 중에도 한 아이가 두리번거리다 암소들이 옥수수 밭에 들어가는 모습을 포착하면 다 함께 뒤꿈치에 날개라도 달린 듯이 달려가기 일쑤였어요. 그렇게 날렵하지 못한 저는 뒤에 남았고, 그 아이들이 가축을 몰고 집에 돌아가는 모습이 보여서 나도 돌아가야 할 때라고 생각했어요. 저녁 식사를 마친 뒤에는 정원에 들어가 그 옆을 흐르는 작은 강가를 찾아갔답니다. 거기 앉아 당신이 함께 있기를 바라면서……."

그녀 속에는 작가가 될 자질이 있었던 게 확실합니다. 그러나 "저라면 두 주 동안 잠을 이루지 못하더라도 그렇게 되진 않을 거예요."라니…… 글쓰기에 뛰어난 재능이 있는 여성조차 책을 쓰는 것을 터무니없는 일이며 이성을 잃었다는 뜻이라고 믿었다는 사실로 보아, 여성의 글쓰기를 반대하는 분위기가 얼마나 팽배했는지 짐작할 수 있습니다. 그리고 이 시점에서 나는 도로시 오즈번의 얇은 한 권짜리 서간집을 서가에 돌려놓고 대신 벤 부인*의 책을 꺼냈습니다.

그리고 벤 부인과 함께 우리는 매우 중요한 길모퉁이를 돌게 됩니다. 독자 없이 비평도 듣지 못한 채 글을 썼던 그 고독하고 위대한 부인들은 그들의 2절판 책들로 둘러싸인 그 공원에 갇힌 채로 내버려 둡시다. 우리는 도시에 와서 평범한 사람들과 거리에서 어깨를 부딪칩니다. 벤 부인은 유머와 활력, 용기라는 서민적 미덕을 모두 갖춘 중류층 여인이었습니다. 남편의 죽음 및 여러 불행한 이변을 겪으며 어쩔 수 없이 자신의 재능으로 생계를 꾸려나가

---

*Aphra Behn(1640~1689): 소설가, 시인, 극작가로 글을 써서 생계를 유지한 최초의 영국 여성들 중 한 명이다. 소설 『오루노코(Oroonoko)』 외에 여러 희곡과 시, 소설을 남겼다.

야 했어요. 그녀는 남자들과 같은 조건으로 일해야 했습니다. 열심히 일해서 먹고 살 만큼 돈을 벌었습니다. 그 사실이 그녀가 실제로 쓴 어떤 작품보다도, 「내가 만든 천 명의 순교자들」이나 「환상적인 승리 속에 사랑이 앉았네」 같은 수작보다도 훨씬 중요합니다. 덕분에 마음의 자유, 더 정확히는 시간이 흐르면 마음이 원하는 대로 자유롭게 글을 쓸 수 있을 거라는 가능성이 열리기 때문입니다. 애프라 벤이 그 일을 해냈기 때문에 이제는 소녀들이 부모님에게 가서 '용돈을 주시지 않아도 돼요. 제 펜으로 돈을 벌 수 있으니까요'라고 말할 수 있게 되었지요. 물론 그 후 오랜 세월 동안 돌아온 대답은 '그래, 애프라 벤처럼 살겠단 말이구나! 죽는 편이 나을 거다!'였고 문은 그 어느 때보다도 빠르게 쾅 닫혔지요. 이쯤에서 흥미진진한 그 주제, '여성의 순결에 대해 남성이 매긴 가치와 그것이 여성 교육에 미친 영향'이 자연스럽게 토론 주제로 등장하는데, 거턴이나 뉴넘의 학생이 그 문제를 파고들고자 한다면 흥미로운 책이 나올지도 모릅니다. 스코틀랜드 황무지에서 각다귀에 둘러싸여 다이아몬드로 몸을 치장하고 앉은 두들리 부인의 모습이 표지 삽화를 장식해 주겠지요. 일전에 두들리 부인이 세상을 떴을 때 〈타임스〉에서는 두들리 경을 이렇게 표현했습니다. "취향이 세련되고 수많은 위업을 달성한 남자로, 자비롭고 관대하지만 가끔 변덕스러운 폭군이 되었다 아내에게 정장을 입으라고 고집했는데 하이랜드의 몹시 외딴 사냥용 오두막에서조차 마찬가지였다. 아내에게 화려한 보석을 잔뜩 안겼다." 그리고 이어지는 내용은 다음과 같습니다. "그는 아내에게 모든 것을 주었다…… 아주 약간일지언정 책임감만은 반드시 제외하고." 그러고는 더들리 경은 뇌졸중을 일으켰고 부인은 그를 간호하며 그 뒤로 계속 지극히 능숙하게 그의 재산을 관리했습니다. 그 변덕스러운 폭군은 19세기에도 존재했던 것입니다.

그러나 이제 원래 주제로 돌아가지요. 애프라 벤은 호감을 줄 만한 몇몇 자질을 희생하여 글을 씀으로써 돈을 벌 수 있다는 사실을 증명했습니다. 그리고 점차 글쓰기는 단지 어리석음과 혼란스러운 마음의 징후가 아니라 실제로 중요한 것이 되었습니다. 남편이 죽을 수도 있고 어떤 재난이 가족을 불시에 덮칠 수도 있었습니다. 18세기가 끝나 갈 무렵 수많은 여인들이 번역을 하거나 수많은 저급 소설을 써서 용돈을 늘리기도 하고 가족을 구제하기 시작했습니다. 그 소설들은 더 이상 교과서에조차 기록되지 않지만 차링크로스 로드*의 4페니 균일가 상자에서 뽑아 읽을 수 있습니다. 18세기 후반 여성들 사이에서 나타난 파격적인 지적 활동, 즉 대담과 모임, 셰익스피어에 대한 에세이 쓰기, 고전 번역은 여성이 글을 써서 돈을 벌 수 있다는 엄연한 사실에 바탕을 둔 것이었습니다. 보수가 없다면 시시하게 여겨질 일이 보수가 있으면 중요하게 보이기 마련입니다. 물론 '끼적거리고 싶어 안달한 파란 스타킹'에 대한 비웃음은 여전했지만 여성이 지갑에 돈을 넣을 수 있다는 사실을 부인할 수는 없었습니다. 이렇게, 18세기가 끝나 갈 무렵 변화가 시작되었으니 내가 역사를 다시 쓰는 중이라면 십자군 전쟁이나 장미 전쟁보다 훨씬 중요하게 생각하고 훨씬 상세

---

*서점가로 유명한 런던 중심부의 도로.

하게 묘사했을 변화입니다. 바로 중류층 여성이 글을 쓰기 시작했다는 사실이지요.『오만과 편견』이 중요하다면,『미들마치』와『빌레트』와『폭풍의 언덕』이 중요하다면, 자신이 쓴 2절판 책들과 아첨꾼들에게 에워싸인 채 별장에 틀어박힌 외로운 귀족뿐만이 아니라 일반 여성이 글을 쓰게 되었다는 사실은 내가 한 시간 강연으로 증명해도 부족할 만큼 굉장히 중요하기 때문입니다. 이런 선구자들이 없었다면 제인 오스틴과 브론테 자매, 조지 엘리엇은 글을 쓰지 못했을 것입니다. 이는 말로가 없었다면 셰익스피어가 글을 쓰지 못했을 것이고, 초서가 없었다면 말로가 그랬을 것이며, 길을 닦고 언어의 야만적 천성을 길들인 그 잊힌 시인들이 없었다면 초서가 글을 쓰지 못했을 것이라는 말과도 같습니다. 걸작은 혼자 외롭게 태어나지 않기 때문입니다. 걸작은 오랜 세월에 걸쳐 공유된 생각, 집단적 생각의 결과물이기에 하나의 목소리 뒤에는 다수의 경험이 존재합니다. 제인 오스틴은 패니 버니의 무덤에 화환을 바쳤어야 하며 조지 엘리엇은 일찍 일어나 그리스어를 공부하려고 침대에 종을 달아 둔 용감한 노부인 엘리자 카터의 씩씩한 그림자에 경의를 표했어야 합니다. 모든 여성은 다 함께 애프라 벤의 무덤에 꽃을 던져야 하고요. 그녀의 무덤은 굉장한 물의를 빚었지만 오히려 마땅하게도 웨스트민스터 사원에 안치되었는데, 여성이 자기 생각을 말할 권리를 얻게 해 준 사람이 바로 그녀이기 때문입니다. 수상쩍은 데가 있고 성적으로 문란하기는 했지만 오늘 밤 내가 여러분에게 "자신의 재능으로 매년 오백 파운드씩 벌어야 해요."라고 말하더라도 비현실적이지 않은 것이 바로 그녀 덕분입니다.

　자, 이제 우리는 19세기 초에 이르렀습니다. 그리고 이 시점에서, 처음으로 여성의 작품이 책장 몇 칸을 온전히 차지했더군요. 그러나 나는 눈으로 그 책들을 훑으며 묻지 않을 수 없었습니다. 극소수를 제외하고 왜 모두 소설인가? 본래 마음을 흔든 충동의 대상은 시였습니다. '노래의 초절정'*은 여성 시인이었습니다. 프랑스에서도 영국에서도 여성 소설가보다 여성 시인이 먼저 등장합니다. 유명한 그 네 작가의 이름을 보며 이런 생각이 들었습니다. 더군다나 조지 엘리엇과 에밀리 브론테에게 무슨 공통점이 있었단 말인가? 샬럿 브론테는 제인 오스틴을 전혀 이해하지 못했는데? 이들 중 누구도 자녀가 없었다는, 어쩌면 의미가 있을 법한 사실을 제외하면, 이토록 어울리지 않는 네 사람이 한 방에 모일 일은 없을 것입니다. 그런 모임과 그들 사이에 오가는 대화를 꾸며내고 싶은 마음이 들 정도입니다. 그러나 어떤 기이한 힘에 이끌려 네 사람은 모두 글을 쓸 때 소설을 쓰지 않을 수 없었습니다. 중류층 출신이라는 사실과 관련이 있을까, 하는 의문이 들었습니다. 나중에 에밀리 데이비스 양이 매우 인상적으로 증명해 주었듯이 19세기 중류층 가정에 거실이 단 하나뿐이었다는 사실과도 관련이 있을까요? 여성이 글을 썼다면 공용 거실에서 써야 했을 것입니다. 그리고 나이팅게일 양이 "여자는 자신만의 것이라 부를 수 있는…… 시간이 삼십 분도 되지 않는다."라고 매우 격렬하게 불만을 피력했듯이, 여성은 늘 방해를 받았습니다. 그나마 시나

---

*기원전 6세기 고대 그리스의 유명한 서정시인 사포를 가리킨다.

희곡보다는 산문과 소설을 쓰는 편이 더 수월했을 것입니다. 집중력이 덜 필요하기 때문이지요. 제인 오스틴은 죽는 날까지 그렇게 글을 썼습니다. 그녀의 조카는 회상록에 이렇게 적습니다. "그녀가 이 모든 것을 어떻게 이룩했는지 놀라울 뿐이다. 드나들 수 있는 별도의 서재가 없었고 대다수 작품을 보통의 거실에서 쓴 것이 분명한데, 거실은 우발적인 온갖 방해에 노출된 곳이었다. 그녀는 하인이나 손님 등 가족의 범위를 벗어난 어떤 사람도 그녀의 직업을 눈치 채지 못하도록 주의했다."* 제인 오스틴은 원고를 숨기거나 압지로 덮었습니다. 또한 19세기 초 여성이 받았던 문학 교육이라고는 인물 관찰과 감정 분석정도였지요. 그녀의 감수성은 공용 거실의 영향력을 받아 수백 년 동안 길러졌습니다. 사람들의 감정이 그녀에게 새겨졌습니다. 눈앞에는 늘 개인적인 관계가 펼쳐졌어요. 따라서 중류층 여성은 글을 쓰게 되었을 때 자연스럽게 소설을 썼던 것입니다. 분명히 알 수 있듯이, 비록 여기에서 이름을 언급한 그 유명한 네 여성 중 둘은 천성적으로는 소설가가 아니지만 말이에요. 에밀리 브론테가 시극을 썼다면 좋았을 것입니다. 조지 엘리엇이 넘쳐흐르는 그녀의 포용력을 발산해 그 창조적 충동을 역사서나 전기에 썼다면 좋았을 것입니다. 그러나 그들은 소설을 썼습니다. 한 걸음 더 나아가, 그들이 좋은 소설을 썼다고 말해도 좋다고, 나는 책장에서 『오만과 편견』을 꺼내며 중얼거렸습니다. 남성에게 자랑하거나 고통을 주지 않고도 『오

---

*제임스 에드워드 오스틴리, 『제인 오스틴 회상록』 중에서. (원주)

만과 편견』이 좋은 책이라고 말할 수 있습니다. 어쨌든『오만과 편견』을 쓰다가 들키더라도 부끄러운 일이 아니었을 것입니다. 그러나 제인 오스틴은 경첩이 삐걱거려 누군가 들어오기 전에 원고를 숨길 수 있다는 사실을 다행으로 여겼습니다. 제인 오스틴은『오만과 편견』을 쓰는 것을 왠지 수치스럽게 여겼습니다. 그런데 궁금한 사실은 이것입니다. 제인 오스틴이 손님들로부터 원고를 반드시 숨겨야 한다고 생각하지 않았다면『오만과 편견』이 더 훌륭한 소설이 되었을까요? 나는 그 점을 알아보려고 한두 페이지를 읽었습니다. 그러나 제인 오스틴의 환경이 그녀의 작품에 조금이라도 해를 끼친 흔적은 전혀 찾을 수 없었지요. 아마 그것이 이 작품에서 가장 큰 기적일 것입니다. 1800년경에 증오도, 비통함도, 두려움도, 항의도, 설교도 없이 글을 쓴 한 여성이 여기 있었습니다. 나는『안토니우스와 클레오파트라』를 보면서 셰익스피어가 바로 그런 방식으로 글을 썼다고 생각했습니다. 그리고 사람들이 셰익스피어와 제인 오스틴을 비교할 때는 두 사람 모두 마음에서 모든 방해물을 소멸해 버렸다는 뜻일 거라는 생각도 들었습니다. 그 이유 때문에 우리는 제인 오스틴을 알지 못하고 셰익스피어를 알지 못합니다. 그리고 그 이유 때문에 제인 오스틴은 그녀가 쓴 모든 단어에 깃들어 있고 셰익스피어도 마찬가지입니다. 제인 오스틴이 환경 때문에 어떤 식으로든 괴로워했다면 그것은 바로 그녀에게 지워진 삶이 협소했기 때문이었습니다. 여성은 혼자 돌아다닐 수 없었습니다. 그녀는 여행을 한 적이 없습니다. 버스를 타고 런던 시내를 통과한 적도 없고 혼자 가게에서 점심을 먹은 적도 없습니다. 그러나 제인 오스틴은 자신이 가지지 않은 것을 바라지 않는 성격이었을지 모릅니다. 그녀의 재능과 환경은 서로 완벽하게 조화를 이루었습니다. 그러나 샬럿 브론테에게도 이 점을 적용할 수 있을지는 의문이라고, 나는 『제인 에어』를 펼쳐 『오만과 편견』 옆에 내려놓으며 중얼거렸습니다.

12장을 펼치자 "누구든 원한다면 나를 비난해도 좋다."라는 구절이 눈길을 사로잡았습니다. 왜 샬럿 브론테를 비난했을까요? 궁금했습니다. 그리고 페어팩스 부인이 젤리를 만들고 있을 때 제인 에어는 지붕 위로 올라가곤 했으며 들판 너머 멀리 펼쳐진 풍경을 바라보았다는 내용을 읽었습니다. 그때 제인은 갈망했습니다(사람들이 그녀를 비난한 이유가 바로 이것이었지요). "그때 나는 저 한계를 넘어, 분주한 세상과 도시와 들어 본 적은 있지만 본 적은 없는, 생기로 가득한 지역까지 닿을 수 있는 시력을 갈망했다. 그때 나는 내가 한 것보다 더 많이 실제 경험을 하기를 간절히 원했다. 나와 비슷한 사람들과 더 많이 교류하기를, 내가 만날 수 있는 이곳 사람들보다 다양한 사람들을 더 많이 알게 되기를 간절히 원했다. 나는 페어팩스 부인의 좋은 점과 아델의 좋은 점을 가치 있게 생각했지만, 이와는 다르고 더욱 생생한 종류의 장점이 존재한다고 믿었고 내가 믿는 것을 보고 싶었다."

"누가 나를 비난하는가? 분명 많은 사람들이 그렇게 하며 나에게 만족을 모른다고 할 것이다. 어쩔 수 없었다. 차분히 있지 못하는 것이 내 천성이었고 그것은 가끔 나를 괴로울 만큼 뒤흔들었다……"

"인간이 평온함에 만족해야 한다는 말은 헛된 것이다. 인간은 활동해야 한다. 활동할 거리를 찾아낼 수 없다면 만들어 내는 존재가 인간이다. 수백만 명의 사람들은 나보다 더 정지된 삶을 사는 숙명에 처하고 수백만 명은 자신의 운명에 맞서 조용히 반란을 일으킨다. 사람들이 품은 수많은 생명 속에서 얼마나 허다한 반란이 솟아오르는지 누구도 알지 못한다. 여자는 일반적으로 매우 차분하다고 여겨진다. 그러나 여자는 남자가 느끼는 것을 똑같이 느낀다. 남자 형제들과 마찬가지로 여자에게는 능력을 발휘할 기회와 노력을 기울일 분야가 필요하다. 너무 엄격한 통제를 받거나 완전한 침체 상태에 빠지면 여자도 정확히 남자처럼 괴로워한다. 더 많은 특권을 누리는 대등한 피조물인 남자들이 여자는 푸딩을 만들고 양말을 짜고 피아노를 치고 가방에 수를 놓는 일이나 해야 한다고 말한다면 편협한 행동이다. 관습적으로 여성에게 필요하다고 정해진 것 이상으로 여자가 뭔가를 하거나 배우려고 할 때 여자를 비난하거나 비웃는다면 지각없는 행동이다."

"이렇게 혼자 있을 때면 가끔 그레이스 풀의 웃음소리가 들렸다……."

어색한 단절이라는 생각이 들었습니다. 그레이스 풀이 불쑥 등장하다니 당황스러워요. 연속성이 흐트러집니다. 이 책을 『오만과 편견』 옆에 내려놓으며, 이 대목을 쓴 여성은 제인 오스틴보다 더 많은 재능을 타고 났다고 말할 수도 있을 거라는 생각을 했습니다. 그러나 이 책들을 여러 번 읽으며 그 속에 존재하는 경련, 즉 분노를 주목해 보면 작가가 자신의 재능을 결코 온전히 드러내지 못하리라는 사실을 알게 됩니다. 그녀의 책은 뒤틀리고 변형될 것입니다. 그녀는 침착하게 써야 할 때 분노에 사로잡혀 쓸 것입니다. 현명하게 써야 할 때 어리석게 쓸 것입니다. 등장인물들에 대해 써야 할 때 자기 자신에 대해 쓸 것입니다. 그녀는 자신의 운명과 전쟁을 치르는 중입니다. 그러니 어찌 속박당하고 좌절한 채 요절하지 않을 수 있었겠습니까?

어쩔 수 없이 이런 생각이 잠시 들었습니다. 샬럿 브론테에게 일 년에 삼백 파운드 정도의 수입이 있었다면(그러나 이 어리석은 여인은 소설의 저작권을 천오백 파운드에 거리낌 없이 팔아 버렸지요), 분주한 세상과 도시와 활기로 가득한 지역에 대해 어떻게든 더 많이 알았다면, 실제 경험을 더 많이 하고 비슷한 부류와 더 많이 교류하며 다양한 인물을 알고 지냈다면, 무슨 일이 일어났을까? 앞서 인용한 대목에서 작가는 소설가로서 자신에게 부족한 점뿐만이 아니라 당시 여성들에게 부족했던 점까지도 정확히 지적합니다. 자신의 재능을 먼 들판을 홀로 바라보는 데 쓰지 않았다면, 자신에게 경험과 교류와 여행이 허락되었다면, 얼마나 막대한 이득을 볼 수 있는지를 그녀는 누구보다 잘 알았습니다. 그러나 그런 것은 허락되지 않았습니다. 금지되었습니다. 그리고 우리는 『빌레트』, 『에마』, 『폭풍의 언덕』, 『미들마치』와 같은 훌륭한 소설들이 모두 점잖은 성직자의 집에서 일어날 수 있는 것 이상의 인생 경험이 없는 여인들에 의해 그 점잖은 집의 공용 거실에서 쓰였다는 사실, 매우 가난한 나머지 『폭풍의 언덕』이나 『제인 에어』를 쓸 종이를 한 번에 몇 묶음밖에 사지 못했던 여인들에 의해 쓰였다는 사실을 인정해야 합니다. 사실 그들 중 하나인 조지 엘리엇이 큰 시련 끝에 탈출에 성공하기는 했지만 그렇게 해서 찾아간 곳이 고작 세인트 존스 우드에 있는 외딴 별장이었습니다. 그리고 그곳에서 그녀는 세상의 비난이라는 그늘 속에 눌러앉았습니다. 그녀는 "초대를 청하지 않은 사람에게는 나를 만나러 와 달라고 초대하지 않을 테니 이해해 주기를 바랍니다."라고 썼지요. 유부남과 내연 관계에 있었으니 스미스 부인이나 우연히 들를지도 모를 누군가가 그 모습을 보고 자신의 정조에 손상을 입을 수도 있지 않겠어요? 그녀는 사회적 관습에 굴복해 '이른바 세상이라는 것으로부터 단절'되어야 했습니다. 같은 시기에 유럽 반대편에서는 어느 젊은 남자가 집시든 귀부인이든 상관없이 이런저런 여자들과 자유롭게 동거하고, 전쟁터에 나가고, 인생의 온갖 다양한 경험을 아무런 제약도, 검열도 없이 만끽하고 있었으며, 그 경험은 훗날 그가 책을 쓰게 되었을 때 훌륭하게 기여했습니다. 톨스토이가 '이른바 세상이라는 것으로부터 단절'되어 유부녀와 '프라이어리'*에 격리되어 살았다면, 제아무리 유익한 도덕적 교훈을 얻었다하더라도 결코 『전쟁과 평화』를 쓰지는 못했을 것입니다.

그러나 소설 쓰기라는 문제와 성별이 소설가에게 미치는 영향을 좀 더 깊이 파고들 수도 있겠지요. 눈을 감고 소설 전체를 생각하면, 물론 단순화되고 왜곡되는 경우가 무수히 많긴 하지만, 거울에 비친 어떤 모습처럼 인생과 꼭 닮은 창작품으로 보일 것입니

---

*Priory. '수도원'이라는 뜻으로 조지 엘리엇이 연인이었던 비평가 조지 헨리 루이스와 함께 살던 집의 이름.

다. 어쨌든 소설은 마음의 눈 위에 형태를 남기는 건축물로, 우선 사각형으로 지어졌다가 다음에는 탑이 세워지고, 다음에는 날개를 뻗어 아치가 이어진 회랑을 짓고, 다음에는 콘스탄티노플의 성 소피아 대성당처럼 견고하고 둥근 지붕을 갖추게 됩니다. 몇몇 유명한 소설을 돌이켜 생각해 보니 이 형태가 그에 걸맞은 감정을 우리 마음속에 불러일으키는 것 같더군요. 그러나 그 감정은 즉시 다른 감정과 뒤섞이는데, 그 '형태'가 돌과 돌의 관계가 아니라 사람과 사람의 관계로 만들어지기 때문입니다. 이렇게 하여 소설은 우리의 내면에 상반되고 대립적인 온갖 감정을 일으킵니다. 삶은 삶이 아닌 무언가와 갈등합니다. 따라서 소설에 대해 의견이 일치하기 어렵고 우리는 각자의 개인적 편견에 어마어마한 영향을 받습니다. 한편으로 우리는 당신(주인공인 존)은 살아야 해요, 그렇지 않으면 난 깊고 깊은 절망에 빠질 거예요, 라고 느낍니다. 다른 한편으로는 아아, 존, 당신은 죽어야만 해요, 라고 느끼는데 책이라는 형태가 그렇게 요구하기 때문입니다. 삶은 삶이 아닌 무언가와 갈등을 일으킵니다. 그것이 부분적으로는 삶이기에 우리는 그것이 삶이라고 판단합니다. 제임스는 내가 제일 싫어하는 부류의 남자야, 라고 우리는 말합니다. 혹은 이건 말도 안 되는 소리로 뒤죽박죽이야. 난 이런 걸 느껴 본 적이 없어, 라고 말합니다. 그 어떤 유명한 소설을 되짚어 보더라도 분명한 사실은 전체 구조가 무한한 복잡성을 띤다는 점인데, 소설이 이렇게 각양각색의 수많은 판단과 각양각색의 수많은 감정으로 구성되기 때문입니다. 그렇게 구성된 책이 모두 일이 년 이상 결속되며, 영국 독자들에게 의미 있는 것처럼 러시아 독자, 중국 독자들에게도 의미를 갖게 된다는 사실이 놀라울 뿐입니다. 그런데 때로 그 결속은 매우 신기하게 유지됩니다. 드물지만 그렇게 살아남은 사례(『전쟁과 평화』를 생각하는 중이에요)를 볼 때 결속을 유지해 주는 것은 이른바 성실성입니다. 다만 그 성실성은 청구서 대금을 지불한다거나 위급상황에서 훌륭하게 대처하는 것과는 아무 상관이 없습니다. 소설가의 경우에 성실성이란 독자에게 이 이야기가 진실이라는 확신을 주는 것입니다. 독자는 '그래, 나라면 이 일이 그렇게 될 수 있다고는 결코 생각하지 않았을 거야. 이렇게 행동하는 사람을 본 적이 없으니. 하지만 작가는 이렇게 되었으니 그런 일이 일어난다고 나를 납득시켰어.'라고 생각합니다. 우리는 책을 읽을 때 모든 구절, 모든 장면을 빛에 비추어 봅니다. 매우 기묘하게도 자연이 우리에게 소설가의 성실함과 불성실함을 판단할 내면의 빛을 주었기 때문이겠지요. 아니면 자연이 이성을 잃은 상태였을 때 보이지 않는 잉크로 우리 마음의 벽에 위대한 예술가들이 확증해 주어야 하는 어떤 예감을, 재능의 불빛을 비추어야만 눈에 보이게 되는 스케치를 그려 두었기 때문일지도 모릅니다. 그렇게 그것이 드러나 활기를 띠는 모습을 보면, 우리는 환희에 가득 차 외칩니다. "하지만 이건 내가 늘 느꼈고 알았고 바랐던 바로 그것이잖아!" 그리고 끓어 넘치는 흥분을 느끼며 마치 매우 귀중한 뭔가를 대하듯이, 살아 있는 한 언제든 다시 찾을 거라는 듯이, 일종의 경외감마저 느끼며 책을 덮고는 책장에 돌려놓기 마련이지. 나는 『전쟁과 평화』를 들어 제자리에 꽂으며 그렇게 중얼거렸지요. 반대로 우리가 추려 내서 탐구하는 빈약한 문장들은 처음에는 밝은 색채와 세련된 몸짓으로 즉각 열렬한 반응을 불러일으키지만 거기에서 멈추어 버립니다. 뭔가가 문장의 성장을 억제하는 것처럼 보입니다. 혹은 문장이 그저 저 구석에 있는 희미한 낙서와 저기 있는 얼룩만을 드러낼 뿐 무엇도 온전한 모습으로 나타나지 않는다면, 우리는 실망스럽게 한숨을 내쉬며 말합니다. 또 실패야. 이 소설은 어디선가 난파된 것입니다.

물론 대부분 소설은 어디선가 난파를 당합니다. 엄청난 중압감 때문에 상상력이 주춤거립니다. 통찰력은 혼란에 빠져 진실과 거짓을 더 이상 구분하지 못하고 갖가지 다양한 능력을 활용하기 위해 매순간 엄청난 노력을 계속 쏟아야 하지만 그럴 힘이 없습니다. 그러나 이 모든 것이 소설가의 성별에 얼마나 영향을 받을 것인지, 나는 『제인 에어』와 다른 책들을 바라보며 질문했습니다. 여성이라는 사실이 여성 소설가의 성실성, 내가 작가의 척추로 생각하는 그 성실성에 어떤 식으로든 지장을 주는 걸까요? 자, 앞에서 인용한 『제인 에어』의 단락을 보면 분노가 소설가 샬럿 브론테의 성실성에 간섭하고 있다는 사실이 자명합니다. 그녀는 자신이 전념해야 하는 소설의 이야기를 벗어나 개인적인 불만에 관심을 쏟았습니다. 그녀는 자신이 마땅히 누려야 하는, 제대로 된 경험에 굶주렸다는 사실을 기억했습니다. 자유롭게 온 세상을 돌아다니고 싶었지만 목사관에 틀어박혀 양말을 수선해야만 했습니다. 그녀의 상상력은 분노로 빗나갔고 그 사실을 우리는 느낍니다. 그러나 분노 외에도 그녀의 상상력을 잡아당겨 길에서 벗어나게 만든

영향력은 많았습니다. 예를 들어 '무지'가 그랬습니다. 로체스터*
의 초상은 어둠속에서 그려집니다. 우리는 거기에서 두려움의 영
향력을 느낍니다. 마찬가지로 우리는 억압의 결과인 신랄함을, 그
녀의 열정 아래서 들끓는 감춰진 고통을, 실제로는 훌륭한 책을
욱신거리는 통증 때문에 축소해 버리는 요소인 원한을 끊임없이
느낄 수 있습니다.

   그리고 소설이 실생활과 이런 유사성이 있으므로, 소설 속의 가
치관은 실생활의 가치관과 어느 정도 같습니다. 그러나 여성의 가
치관이 남성이 세워 온 가치관과 다를 때가 많다는 것은 분명합니
다. 당연히 그렇습니다. 하지만 사회에 퍼진 것은 남성의 가치관
입니다. 노골적으로 말하자면 축구와 스포츠는 '중요하고', 유행
을 숭배하고 옷을 사는 것은 '하찮은' 일이지요. 그리고 이런 가치
관은 삶에서 소설로 불가피하게 전이됩니다. 이 책은 전쟁을 다루
니 중요한 책이야, 라고 평론가들은 생각해 버립니다. 이것은 응
접실에 있는 여자들의 감정을 다루니 대수롭지 않은 책이군. 전쟁
터 장면이 가게 장면보다 중요합니다. 가치관의 차이는 어디에나
있고 훨씬 미묘하게 지속됩니다. 따라서 19세기 초 소설의 전체
구조는 작가가 여성인 경우, 옆으로 끌려가 일직선에서 벗어난 마
음, 외부의 권위에 복종해 자신의 냉철한 통찰력을 바꿔 버린 마
음이 세운 것이었지요. 이제는 잊힌 옛 소설들을 훑어보며 글에
담긴 어조에 귀를 기울이기만 해도 작가가 비판에 맞서고 있다는
사실을 알 수 있습니다. 작가는 어느 때는 공격하듯이, 어느 때는

*『제인 에어』의 남자 주인공.

회유하듯이 말하고 있지요. 자신이 '단지 여자'일 뿐임을 인정하거나 '남자 못지않게 훌륭하다'고 항의합니다. 자신의 기질이 지시하는 대로, 온순하고 수줍게 혹은 화를 내며 강경하게 그 비판에 맞섭니다. 어느 쪽이든 상관없습니다. 작가는 그 문제가 아닌 다른 것을 생각하고 있었으니까요. 그녀의 책이 우리 머리 위로 떨어져 내리는군요. 중심에 결함이 있었습니다. 우묵우묵 흠집 난 과수원의 작은 사과들처럼 런던 중고서점 곳곳에 널린 여성들의 그 모든 소설이 떠올랐습니다. 그 책들을 썩게 만든 것은 중심의 결함이었습니다. 작가는 다른 이들의 말에 굴복해 자신의 가치관을 바꿨던 것입니다.

그러나 오른쪽으로든 왼쪽으로든 움직이지 않기란 그녀들에게 정말이지 불가능한 일이었을 것입니다. 순전히 가부장적인 사회 한가운데서, 그 모든 비판을 직면하며 움츠러들지 않고 자신이 본 대로 신념을 고수하려면 정말 굉장한 재능이, 굉장한 성실성이 필요했을 것입니다. 제인 오스틴과 에밀리 브론테만이 그 일을 해냈습니다. 이것은 그들의 또 다른 업적, 어쩌면 가장 훌륭한 업적입니다. 그들은 남성이 글을 쓰는 방식이 아니라 여성이 글을 쓰는 방식으로 글을 썼습니다. 당시 소설을 쓰던 수많은 여성들 중에서, 그들만이 이렇게 쓰라거나 저렇게 생각하라고 말하는 지겨운 현학자의 끊임없는 훈계를 완전히 무시했습니다. 그들만이 그 끈질긴 목소리, 어느 때는 투덜거리고 어느 때는 생색내고 어느 때는 고압적이고 어느 때는 상심하고 어느 때는 경악하고 어느 때는 분노하고 어느 때는 친척 아저씨처럼 자애롭게 구는 그 목소리에 귀를 닫았습니다. 그 목소리는 여성을 혼자 내버려 두지 못하고 지나치게 성실한 가정 교사처럼 잔소리를 해 대고, 애거턴 브리지스 경처럼 그들에게 고상하게 행동하라고 엄명을 내렸지요. 심지어 시 비평에 성 비평을 끌어들이고* 호평을 받아 어떤 빛나는 상이라도 얻어 내려면 문제의 그 신사가 적절하다고 생각하는 특정한 한계를 벗어나지 말라고 꾸짖습니다. 그 신사가 한 말은 이것입니다. "……여성 소설가들은 자기 성의 한계를 용감하게 인정할 때만 탁월함을 열망할 수 있다."** 이 말이 문제를 한마디로 요약해 줍니다. 놀랍게도 이 문장이 1828년 8월이 아니라 1928년 8월에 쓰였다는 사실을 여러분이 알게 된다면, 지금 우리에게는 재미있게 느껴질지언정 한 세기 전에는 이 말이 훨씬 격렬하고 훨씬 강경하게 소리를 높였던 방대한 집단의 견해(그 오래된 웅덩이를 휘저을 생각은 없습니다. 우연히 내 발치로 떠밀려 온 것만 건질 뿐입니다)를 대변한다는 사실에 동의할 것입니다. 1828년에 젊은 여성이 그 냉대와 책망과 포상에 대한 약속을 모조리 무시하려면 매우 굳센 의지가 필요했을 것입니다. 그리고 다음과 같이 생각하려면 횃불 같은 선동가가 되어야 했을 것입니다. '오, 그래도 문학까지 돈으로 살 수는 없어. 문학은 모두에게 열려 있어. 당신이 대학 교직

*"(그녀에게는) 형이상학적 목적이 있는데, 이는 특히 여성에게는 위험한 강박관념이다. 여성에게는 남성이 수사법에 대해 느끼는 건전한 애정이 거의 없기 때문이다. 다른 문제에서는 더 원시적이고 더 실리적인 여성에게 이 점은 이상하게도 결핍되었다." -『새로운 기준』, 1928년 6월호. (원주)
**"그 보고자처럼 여러분도 여성 소설가들이 자기 성의 한계를 용감하게 인정할 때만 탁월함을 열망할 수 있다고 생각한다면(제인 오스틴은 이런 몸짓을 얼마나 우아하게 해낼 수 있는지를 보여 주었다)." -『삶과 문학』, 1928년 8월호. (원주)

원이라 해도 나를 잔디밭에서 내쫓도록 내버려 두지는 않을 거야. 원한다면 도서관 문을 잠가도 좋아. 하지만 내 마음의 자유에는 당신이 걸어 잠글 대문도, 자물쇠도, 빗장도 없어.'

그러나 단념을 부추기는 말들과 비판이 여성의 글쓰기에 어떤 영향을 미쳤든지(내 생각에는 무척 큰 영향을 미쳤겠지만), 여성이 자기 생각을 종이에 옮기려 할 때 직면했던 다른 어려움에 비하면 (나는 아직 19세기 초의 그 소설가들을 생각하고 있습니다) 그렇게 중요한 문제는 아니었습니다. 그 어려움이란 여성에게는 자신을 지지해 줄 전통이 없거나, 있더라도 매우 짧고 부분적이어서 도움이 거의 되지 않는다는 사실이었지요. 여성인 우리는 어머니들을 통해 과거를 되짚어 보기 때문입니다. 즐거움을 맛보기 위해서라면 얼마든지 위대한 남성 작가들을 찾아가도 좋겠지만 도움을 청하러 가는 건 소용없는 일입니다. 램, 브라운, 새커리, 뉴먼, 스턴, 디킨스, 드 퀸시 등 그 누구도 여성에게 도움을 준 적이 없습니다. 그들로부터 몇 가지 요령을 배워 자기 작품에 적용해 볼 수는 있었겠지만 말입니다. 남성의 마음은 무게와 속도, 보폭이 여성의 것과 너무 달라서, 여성은 남성에게서 실제로 가치 있는 뭔가를 제대로 건져 올릴 수가 없습니다. 작가의 스타일을 흉내 내기에는 너무 거리가 먼 셈이지요. 아마 여성은 종이에 펜을 댔을 때 언제라도 쓸 수 있는 공통된 문장이 없다는 사실을 가장 먼저 발견했을 것입니다. 새커리와 디킨스, 발자크 같은 위대한 소설가들은 모두 자연스러운 산문을 썼는데 날렵하되 경솔하지 않고 표현이 풍부하되 지나치게 꾸미지 않은 문체로, 공통된 속성을 잃지 않으면서도 자기만의 색조를 띠었습니다. 그들의 문체는 당시 통용되던 문장을 기반으로 삼았습니다. 19세기 초에 통용되던 문장은 아마 이런 식으로 진행되었을 것입니다. "그들의 작품에 깃든 위엄은 중단하지 말라고, 계속 앞으로 나아가라고, 그들과 논쟁했다. 예술을 펼치고 진실과 아름다움을 끝없이 생산해 낼 때 그들은 최고의 흥분과 만족을 느꼈다. 성공은 노력을 유도하고, 습관은 성공을 촉진한다." 이것이 남자의 문장입니다. 이 문장 뒤에서 우리는 존슨과 기번 및 다른 남성 작가들을 볼 수 있지요. 여성이 쓰기에는 적합하지 않은 문장이었습니다. 산문에 눈부신 재능을 보였던 샬럿 브론테조차 그 어색한 무기를 손에 들자 비틀거리며 넘어졌습니다. 조지 엘리엇은 말로 다 표현할 수 없는 참혹한 실수를 저질렀습니다. 제인 오스틴은 남성의 문장을 보고 비웃었고 자신이 쓰기에 적합한, 더없이 자연스럽고 균형 잡힌 문장을 고안해 냈고 줄곧 그 문장을 고수했습니다. 이렇게 하여, 제인 오스틴은 글 쓰는 재능에서는 샬럿 브론테보다 부족했을지라도 언제나 더 자주 거론되는 작가가 되었습니다. 사실 자유롭고 풍부한 표현이야말로 예술의 본질이기에, 전통의 부재와 미흡하고 부적절한 도구는 여성의 글쓰기에 엄청난 영향을 미쳤을 것입니다. 더군다나 책은 처음부터 끝까지 문장을 나열한다고 만들어지는 것이 아니라, 도움이 될 만한 비유를 들자면 아치가 이어지는 회랑이나 둥근 지붕을 건축할 수 있는 문장들로 구성됩니다. 이런 형태 역시 남성이 자신의 필요와 용도에 맞게 만들어 낸 것이지요. 그런 문장이 여성에게 어울리지 않으니 서사시와 시극 역시 여성에게 어울리지 않는다고 생각할 이유는 전혀 없습니다. 그러나 여성이 작가가 되었을 무렵, 더 오래된 문학 형식은 모두 굳어서 고착된 상태였습니다. 여성의 손에서 유연하게 움직일 만큼 새로운 것은 소설뿐이었습니다. 아마 이것이 여성이 소설을 쓴 다른 이유이겠지요. 그러나 지금도 '소설'(새롭다는 뜻인 'novel'이라는 단어가 부적절하게 느껴진다는 뜻으로 인용 부호를 달았습니다)이, 문학에서 가장 유연한 형식일지언정 여성에게 꼭 맞는 형태라고 누가 말할 수 있을까요? 물론 여성이 팔다리를 자유롭게 쓸 수 있다면 이것을 두드려 자신에게 알맞은 형태로 만들 수 있을 것입니다. 또 반드시 운문 형식이 아니더라도 자기 속에 담긴 시를 표현할 새로운 매체로 삼을 것입니다. 아직도 여성을 거부하는 표현 수단이 바로 시니까요. 오늘날의 여성이라면 5막짜리 시적인 비극을 어떻게 쓸까, 하는 생각이 뒤따르더군요. 운문으로 쓸까……? 그보다는 산문으로 쓰지 않을까?

그러나 이는 미래의 여명 속에 놓인 어려운 문제입니다. 이 문제는 나를 자극해 지금 다루어야 할 주제에서 이탈해 길 없는 숲속으로 들어가게 할 테고 나는 거기에서 길을 잃고 십중팔구 야수에게 잡아먹히고 말 테니, 이 이유만으로도 손을 떼야겠습니다. 소설의 미래라는, 몹시 암울한 주제를 끄집어내는 것은 내가 바라는 바가 아니고 여러분도 분명 바라지 않겠지요. 그러니 여기에서 잠시 멈춰 여성과 관련해 물리적 조건이 미래에 맡아야 할 중요한 역할로 관심을 돌려 봅시다. 책은 어떻게든 몸에 맞게 조정되어야 합니다. 여성의 책은 남성의 책보다 더 짧고 응축되어야 하며, 방해받지 않고 꾸준히 장시간 애쓸 필요 없게 만들어져야 한다고, 과감히 말할 수도 있을 것입니다. 늘 방해가 뒤따를 테니까요. 뇌에 영양을 공급하는 신경조직 또한 남녀가 다른 것 같으니, 신경조직이 최선을 다해 열심히 일하게 하려면 어떻게 다루는 게 맞을지, 예를 들어 아마도 수백 년 전에 수도사들이 고안한 이런 몇 시간짜리 강연이 알맞은지 아닌지 알아내야 합니다. 또 일하는 시간과 휴식 시간을 번갈아 가지려면 어떻게 해야 할지, 휴식이 아무것도 하지 않는 상태가 아니라 무언가를, 그러나 다른 무언가를 하는 상태라고 해석한다면 그 다른 점이 무엇인지를 알아내야 합니다. 우리는 이 모든 문제에 대해 토론하며 밝혀내야 합니다. 이 모든 것이 여성과 소설이라는 문제의 일부이기 때문이지요. 그러나 나는 다시 서가로 다가가며 질문했습니다. 여성이 여성의 심리를 정교하게 연구한 자료를 어디에서 찾을 수 있을까? 여성이 축구를 못한다는 이유로 의료업에 종사할 수 없다면……

다행히 내 생각은 이제 새로운 전환점을 맞이했습니다.

I feel certain that I am going again. I feel we can't go rgh another of those terrible times. I [shan't] recover this time. I [begin] hear voices, I can't concentrate. I am doing what seems the best [thing] to do. You have given [me] [greatest] possible happiness

5장

[people] would have been "-". I can't [this] horrible [disease] [comes]. I can't [put it] any longer, I know that I am [spoiling] your life that with [out me] you could work. And you will I kno [me]. I can't [even] write this properly. I [read]. What I want to [say] is [that] [owe] all the happiness of my life to [you] [have] been [utterly] patient with me [incredibly] [good]. I want to [say] that [knows] it. If [anybody]
[lovely]

이렇게 서성거리다가, 나는 마침내 현존하는 작가들의 책이 꽂힌 서가에 이르렀습니다. 여성이 쓴 책도 있고 남성이 쓴 책도 있었습니다. 이제는 남성이 쓴 책만큼이나 여성이 쓴 책도 많기 때문입니다. 혹 그게 아직은 사실이 아니더라도, 남성이 여전히 입담 좋은 쪽이라고 하더라도, 여성이 이제는 소설만 쓰지 않는다는 것은 분명히 사실입니다. 그리스 고고학을 다룬 제인 해리슨의 책들, 미학을 다룬 버넌 리의 책들, 페르시아를 주제로 한 거트루드 벨의 책들이 있습니다. 한 세대 전에는 어떤 여성도 건드릴 수 없었던 온갖 주제에 대한 책들이 존재합니다. 시, 희곡, 비평서가 있고, 역사서와 전기, 여행서와 학술 연구서가 있습니다. 심지어 철학서, 과학과 경제학에 대한 책들도 조금 있습니다. 그리고 소설이 지배적이기는 하지만, 소설 자체도 다른 종류의 책들과 관계를 맺으며 당연히 달라졌겠지요. 여성의 글쓰기에서 서사의 시대, 즉 자연스러운 소박함이 사라졌을 수도 있습니다. 독서와 비평이 여성에게 더 넓은 시야와 더 탁월한 섬세함을 주었을지도 모르고요.

자서전을 쓰려는 충동은 바닥났을 것입니다. 여성은 자기표현 수단이 아닌 예술로서 글쓰기를 활용하기 시작하는 중이겠지요. 이 새로운 소설들 중에서 그런 여러 질문에 대한 답을 찾을 수 있을지도 모릅니다.

나는 그 책들 중 손에 잡히는 대로 한 권을 꺼냈습니다. 책장 맨 끝에 있었는데 『생의 모험(Life's Adventure)』 아니면 그 비슷한 제목으로 메리 카마이클이 쓴 책이었고 이달인 10월에 출간되었습니다.* 작가의 첫 책인 것 같다고 나는 중얼거렸지만 우리는 그 책이 꽤나 긴 연작의 마지막 권인 것처럼, 내가 지금껏 살펴본 다른 책들 즉 윈칠시 부인의 시집과 애프라 벤의 희곡, 위대한 네 소설가들의 소설에 이어지는 책인 것처럼 읽어야 합니다. 우리는 책을 따로따로 판단하려는 습관이 있지만 책은 서로 이어지기 때문입니다. 또 나는 그녀, 이 무명의 여인을 내가 지금껏 살펴본 환경에서 살았던 다른 여성들의 후예로 여기고 그녀가 그들의 특성과 한계 중에서 무엇을 물려받았는지 알아보아야 합니다. 소설은 해독제가 아니라 진통제를 주거나 타오르는 햇불로 우리를 깨우기보다는 무기력한 잠에 스르르 빠지게 할 때가 많으므로, 나는 한숨을 내쉬며 메리 카마이클의 첫 소설 『생의 모험』을 가능한 활용해보고자 공책과 연필을 들고 자리에 앉았습니다.

우선 나는 페이지를 위아래로 훑어보았습니다. 푸른 눈과 갈색

---

*여성을 위해 산아제한운동을 전개했고 결혼과 성생활을 다룬 문제작 『결혼 후의 사랑(Married Love)』으로 유명한 작가 마리 스톱스(Marie Charlotte Carmichael Stopes, 1880~1958)는 1928년에 '메리 카마이클'이라는 이름으로 『사랑의 창조(Love's Creation)』라는 소설을 출간했다.

눈, 그리고 혹시 모를 클로이와 로저의 관계로 기억을 채우기 전에 우선 작가의 문장 구조를 파악해야겠다고 나는 중얼거렸습니다. 나머지는 그녀가 손에 펜을 들었는지 곡괭이를 들었는지를 판단하고 난 뒤에 하면 되니까요. 그래서 나는 한두 문장을 직접 소리 내어 읽어 보았습니다. 뭔가 순조롭지 않다는 사실이 곧 분명해졌습니다. 매끄럽게 이어져야 할 문장과 문장 사이가 끊겼더군요. 어딘가는 찢기고 어딘가는 긁혔습니다. 여기저기 혼자 있는 단어들이 내 눈앞에서 불빛을 번득였습니다. 그녀는 옛 희곡에서 말하듯이 자기 자신에게서 '손을 떼고' 있었습니다. 그녀는 불이 붙지 않을 성냥을 그어 대는 사람 같다고, 나는 생각했습니다. 그러나 제인 오스틴의 문장은 왜 당신에게 알맞은 형식이 아니었나요? 나는 메리 카마이클이 그 자리에 있는 것처럼 물었습니다. 에마와 우드하우스 씨*가 죽었으니 그 문장들도 모두 폐기해야 하나요? 아아, 그래야 한다면 슬픈 일이에요, 하고 나는 한숨을 내쉬었습니다. 모차르트가 이 곡에서 저 곡으로 변화를 꾀하듯이 제인 오스틴은 이 멜로디에서 저 멜로디로 변화하는 반면, 이 글을 읽는 것은 갑판 없는 작은 배를 타고 바다로 나가는 것과 같았기 때문입니다. 어느 때는 위로 솟구쳤고, 어느 때는 아래로 가라앉았습니다. 이 간결한 문체, 숨 가쁠 만큼 짤막한 문장은 그녀가 뭔가를 두려워했다는 뜻일지도 모릅니다. 어쩌면 '감상적'이라고 불릴까 봐 두려웠을지 몰라요. 아니면 여성의 글은 꽃처럼 화려하다는 묘사를 기억하고 가시를 지나치게 많이 박아 두었는지도 모릅니

*제인 오스틴의 소설 『에마』의 주인공 에마와 그녀의 아버지.

다. 그러나 한 장면이라도 신중히 읽을 때까지는 그녀가 자기 자신이었는지 아니면 다른 사람이 되었는지 확실히 알 수가 없지요. 어쨌거나 독자의 활기를 꺾지는 않는다고, 나는 좀 더 주의 깊게 읽으며 생각했습니다. 그러나 그녀는 너무 많은 사실을 쌓아 올리고 있었습니다. 이 정도 규모의 책에서는 그 절반도 사용할 수 없을 텐데 말입니다(『제인 에어』의 반쯤 되는 분량이었어요). 그러나 이런저런 방법으로 그녀는 우리 모두를, 그러니까 로저와 클로이, 올리비아, 토니, 빙엄 씨를 강을 거슬러 오르는 카누에 태우는 데 성공했습니다. 나는 의자에 등을 기대며 잠깐, 하고 말했습니다. 이 이상 나아가기 전에 좀 더 신중하게 모든 것을 고려해 봐야 해.

아무래도 메리 카마이클이 우리에게 속임수를 쓰고 있는 게 분명해, 라고 나는 중얼거렸습니다. 롤러코스터 열차가 내려갈 줄 알았던 순간에 오히려 다시 방향을 틀어 솟구칠 때와도 같은 느낌이 들었기 때문입니다. 메리는 다음에 이어지리라 예상되는 순서를 마구 바꾸고 있었습니다. 처음에는 문장을 파괴하더니, 이제는 순서를 파괴해 버린 것입니다. 좋습니다. 파괴를 위한 파괴가 아니라 창조를 위한 파괴라면 그녀에게는 그 모든 행위를 할 온전한 권리가 있지요. 둘 중 어느 쪽인지, 그녀가 어떤 상황에 직면할 때까지는 확실히 알 수 없습니다. 그 상황이 무엇이 될지 선택할 모든 자유를 그녀에게 주겠어, 라고 나는 말했습니다. 원한다면 깡통과 낡은 주전자로 상황을 만들어 내도 돼. 그러나 그게 정말로 어떤 상황이라는 걸 나에게 납득시켜야 해. 그리고 그 상황을 만들고 난 뒤에는 그 상황에 직면해야 해. 그녀는 뛰어넘어야 해. 그리고 그녀가 나에게 작가로서의 의무를 다한다면 나도 그녀에게 독자로서의 의무를 다하기로 결심하고, 나는 페이지를 넘겨 읽었습니다…… 이렇게 갑자기 말을 끊어서 미안합니다. 여기 남자는 참석하지 않았나요? 저기 저 붉은 커튼 뒤에 차트리스 바이런 경*이라는 인물이 숨어 있지 않다고 약속합니까? 여기에 여자들뿐이라고 보장할 수 있나요? 그렇다면 내가 읽은 바로 그다음 구절을 말해도 되겠군요. "클로이는 올리비아를 좋아했다." 놀라지 마세요. 얼굴을 붉히지 마세요. 우리끼리 모인 은밀한 자리니 이런 일이 가끔 일어난다는 사실을 인정합시다. 때로 여자가 여자를 좋아하기도 하니까요.

나는 "클로이는 올리비아를 좋아했다."라고 읽었습니다. 그때 정말 굉장한 변화가 거기 있다는 생각이 문득 떠올랐어요. 클로이는 아마 문학사상 처음으로 올리비아를 좋아했을 것입니다. 클레오파트라는 옥타비아**를 좋아하지 않았습니다. 만약 그랬다면 『안토니우스와 클레오파트라』는 완전히 다른 작품이 되었겠지요! 나는 『생의 모험』에 대한 생각에서 잠시 벗어나 이런 생각에 잠겼습니다. 안타깝지만 『안토니우스와 클레오파트라』는 모든 것을 단순화했고 인습적이며 감히 이렇게 말해도 된다면, 터무니없어. 클레오파트라가 옥타비아에게 느끼는 감정이라고는 질투뿐이야. 그녀가 나보다 키가 더 큰가? 머리손질을 어떻게 하지? 어쩌면 그

---

*동성애를 다룬 래드클리프 홀(Radclyffe Hall)의 『고독의 우물(The Well of Loneliness)』과 관련된 재판을 맡았던 법관.
**안토니우스의 아내.

희곡에서는 그 이상 필요하지 않았을 겁니다. 그러나 두 여자의 관계가 더 복잡했다면 얼마나 흥미로웠을까요? 화려한 전시품 같은 문학 속 허구의 여인들을 재빨리 회상해 보니, 그 여성들의 관계가 전부 너무 단순하다는 생각이 들더군요. 너무 많은 것을 생략했고 시도도 하지 않았지요. 내가 읽었던 책 중에 두 여성이 친구로 표현된 작품이 하나라도 있었는지 떠올려 보았습니다. 『교차로에 선 다이애나(Diana of the Crossways)』*에 그런 시도가 있었습니다. 물론 라신의 작품과 그리스 비극에도 절친한 친구들이 등장합니다. 가끔은 어머니와 딸이 그런 관계지요. 그러나 거의 예외 없이 여성의 모습은 남성과의 관계를 통해 드러납니다. 제인 오스틴의 시대 이전까지 소설 속의 위대한 여성들은 모두 남성의 눈에 비친 모습이었을 뿐 아니라 남성과의 관계를 통해서만 바라본 모습이었으니, 생각만 해도 이상했습니다. 여성의 삶에서 그런 관계는 얼마나 작은 부분입니까. 게다가 남성은 성이 자기 코에 걸어 준 검정색 안경이나 장밋빛 안경으로 여성을 바라보기 때문에 여성의 관계에 대해 알 수 있는 것도 거의 없는데 말이에요. 어쩌면 이런 이유로 소설 속 여성의 성격은 특이하게 나타납니다. 놀랄 만큼 지극히 아름답거나 지극히 불쾌하고, 천사처럼 선량한 모습과 악마처럼 타락한 모습을 오갑니다. 연인인 남성이 자신의 애정이 솟구쳤는지 가라앉았는지, 순조로운지 아니면 불만족스러운지에 따라 여성을 다르게 바라보기 때문이지요. 물론 19세기 소

---

*영국 소설가 겸 시인인 조지 메러디스의 소설.

설가들은 여기 해당되지 않습니다. 그 시기의 여성은 훨씬 다채롭고 복잡한 존재가 됩니다. 사실 남성들은 어쩌면 여성에 대해 쓰고 싶은 욕망에 이끌려, 폭력적인 면 때문에 여성 인물을 거의 활용할 수 없었던 시극을 점차 버리고 더 알맞은 그릇인 소설을 고안했는지도 모릅니다. 그렇다 하더라도, 남성에 대한 여성의 인식처럼 여성에 대한 남성의 인식이 지독히 제한적이고 편파적이라는 사실은 프루스트의 글만 보아도 여전히 명백합니다.

다시 그 페이지를 내려다보는데, 여성이 가정에 대한 끝없는 관심 외에 남성처럼 다른 것에도 관심이 있다는 사실이 분명해지고 있다는 생각이 들더군요. "클로이는 올리비아를 좋아했다. 그들은 실험실을 함께 썼다." 계속 읽어 보니 이 두 젊은 여자가 악성 빈혈 치료제로 보이는 간을 잘게 써느라 바쁘다는 사실을 알 수 있었습니다. 비록 둘 중 한 명은 결혼했고 어린 자녀가 둘(아마 맞을 거예요) 있었지만요. 물론 과거에는 이런 사항은 모두 생략해야 했고 그래서 허구의 여성을 그린 화려한 초상화는 지나치게 단순하고 지나치게 단조롭지요. 예를 들어 문학에서 남성이 오로지 여성의 애인으로만 표현되고 다른 남자의 친구나 군인, 사상가, 몽상가로 결코 등장하지 않았다고 가정해 봅시다. 셰익스피어의 희곡에서 남성에게 할당되는 역할이 얼마나 적었겠어요! 문학은 얼마나 타격을 받았을까요? 아마 오델로는 대부분 그대로 남았을 것입니다. 안토니우스로 상당 부분 남았겠지요. 그러나 카이사르도, 브루투스도, 햄릿도, 리어 왕도, 자크도 존재하지 않았을 것이고, 문학은 믿을 수 없을 만큼 빈곤해졌을 것입니다. 실제로 문학이 여성에게 문을 닫은 탓에 정도를 헤아릴 수 없을 만큼 빈곤해졌듯이 말이에요. 원치 않는 결혼을 하고 방 하나에 갇혀 한 가지 일만 해야 하는 여성에 대해, 극작가가 어찌 풍부하거나 흥미롭거나 진실한 이야기를 들려줄 수 있었을까요? 여성을 설명할 수 있는 방법은 사랑뿐이었습니다. 정말 '여성을 증오하기로' 마음먹은 게 아니라면 시인은 열정적이거나 신랄해질 수밖에 없었습니다. 여성을 증오하기로 했다면 대개는 그가 여성에게 매력적이지 않다는 뜻이었지요.

자, 클로이가 올리비아를 좋아하고 두 사람이 실험실을 같이 쓴다면(공적인 관계일 테니 두 사람의 우정은 더 다채롭게 지속될 겁니다), 메리 카마이클이 쓰는 법을 안다면(나는 그녀의 문체 중 일부 특징을 즐기게 되었어요), 그녀에게 자기만의 방이 있다면(이 점은 확실하지 않아요), 그녀에게 일 년에 오백 파운드라는 수입이 있다면(이 점은 앞으로 밝혀내야 해요), 그렇다면 제 생각에는 굉장히 중요한 일이 일어난 것입니다.

클로이가 올리비아를 좋아하고 메리 카마이클이 그 점을 표현할 줄 안다면, 그녀는 누구도 들어간 적 없는 거대한 방에 횃불을 밝히게 될 테니까요. 그 방은 어디에 발을 디디고 있는지 모른 채 촛불을 들고 위아래를 살피며 걷는 구불구불한 동굴처럼, 어슴푸레한 빛과 깊숙한 그림자로 가득합니다. 나는 다시 그 책을 읽기 시작했는데, 올리비아는 선반에 병을 올려두며 아이들에게 집에 갈 시간이라고 말하는 모습을 클로이가 지켜보는 장면이었습니다. 세상이 시작된 이래 한 번도 본 적 없는 광경이라고, 나는 소리쳤습니다. 나도 몹시 궁금해서 그 장면을 지켜보았습니다. 기록되지 않은 그 몸짓을, 아예 표현되지 않거나 절반도 표현되지 못한 그 말들을 붙잡기 위해 메리 카마이클이 어떻게 행동을 개시하는지 보고 싶었기 때문입니다. 남성의 변덕스럽고 채색된 등불이 켜지지 않고 여성 홀로 있을 때, 천장에 붙은 나방들의 그림자처럼 미묘하게 모습을 드러내는 그 몸짓과 말들을 말이에요. 그 일을 해내려면 숨을 죽여야 할 거야, 라고 말하며 나는 계속 읽어 나갔습니다. 여성은 뚜렷한 의도를 드러내지 않는 모든 관심을 매우 의심스럽게 여기고 자신을 숨기고 억제하는 데 지독할 만큼 익숙하기에, 관찰하듯이 자신을 향한 눈이 깜빡거리기만 해도 멀리 달아나 버리기 때문입니다. 나는 메리 카마이클이 그 자리에 있는 것처럼 머릿속으로 그녀에게 말했습니다. 이 일을 해낼 유일한 방법은 창밖을 계속 응시하면서 다른 이야기를 하다가 올리비아, 그러니까 지난 수백만 년 동안 바위 그림자 밑에서 살아온 이 유기체가 제 몸에 드리워진 빛을 느끼고 낯선 음식 조각, 그러니까 지식과 모험과 예술이 자기를 향해 다가오는 모습을 볼 때 어떤 일이 벌어지는지를 공책에 연필로 쓰지 말고 가장 빠른 속기로, 음절이 구분되지 않는 단어들로 마구 적는 것뿐이에요. 나는 책에서 다시 눈을 들고 생각했습니다. 그녀는 그 낯선 음식을 향해 손을 뻗고 있구나. 다른 곳에 쓰도록 고도로 발달된 자신의 역량을 완전히 새로 조합해 줄 방법을 강구해서, 한없이 복잡하고 정교한 전체 균형을 깨뜨리지 않고 새것을 옛것으로 흡수해야만 해.

그러나 아아, 나는 하지 않기로 결심한 일을 해 버렸군요. 무심코 나의 성, 즉 여성을 칭찬하는 잘못을 저지르고 말았어요. '고도로 발달된', '한없이 복잡한' 이런 표현은 엄연한 찬사이며 자신의 성에 찬사를 보내는 것은 언제나 수상쩍고 대개는 어리석은 행동이지요. 더군다나 이 경우에는 그 말이 옳다고 어떻게 입증할 수 있겠어요? 지도를 보며 콜럼버스가 아메리카 대륙을 발견했는데 그 콜럼버스가 여자였다고 말할 수는 없습니다. 아니면 사과를 하나 들고 뉴턴이 중력의 법칙을 발견했는데 그 뉴턴이 여자였다고 말할 수는 없지요. 하늘을 바라보며 비행기가 머리 위에서 날아다니고 있다고 말하면서 여자가 비행기를 발명했다고 말할 수도 없는 노릇이지요. 벽에 여자의 키를 정확히 잴 수 있는 눈금이 있는 것도 아닙니다. 훌륭한 어머니의 자질이나 딸의 헌신, 자매의 신의, 주부의 능력을 소수점 단위까지 깔끔하게 잴 수 있는 긴 줄자도 없습니다. 지금도 대학에서 여학생이 성적을 받는 경우는 거의 없습니다. 육군과 해군, 무역, 정치와 외교처럼 큰 노력이 필요한 직업은 여성의 능력을 시험한 적이 거의 없습니다. 지금 이 순간에도 여성은 여전히 분류 불가 대상입니다. 그러나 내가 예를 들어 홀리 버츠 경에 대해 인류가 알려 줄 수 있는 모든 것을 알고 싶다면 그저 버크나 더브렛이 출간하는 귀족 연감을 펼치기만 하면 되며, 그가 이런저런 학위를 받았다는 사실을 알게 되겠지요. 그에게 계승자가 있었고, 어느 부처의 대신이었고, 캐나다에서 대영제국을 대표했고, 여러 개의 학위와 직위와 메달 및 그의 공적을 지워지지 않게 아로새겨 주는 여타 훈장을 받았다는 사실도 알게 될 것입니다. 홀리 버츠 경에 대해 이 이상 아는 존재는 하느님

뿐일 거예요.

그러므로 내가 여성을 '고도로 발달'했고 '한없이 복잡한' 존재라고 말해도 나는 휘터커나 디브렛이 펴낸 귀족 연감 혹은 대학 연감으로도 내 말을 입증할 수 없습니다. 이런 난국에서 내가 무엇을 할 수 있을까요? 나는 다시 서가를 바라보았습니다. 존슨과 괴테, 칼라일, 스턴, 쿠퍼, 셸리, 볼테르, 브라우닝 및 수많은 작가들의 전기가 있더군요. 그리고 이런저런 이유로 여성을 흠모하고, 구애하고, 함께 살고, 비밀을 털어놓고, 사랑을 나누고, 여성에 대한 글을 쓰고, 여성을 신뢰하고, 특정한 여성들을 필요로 하고 그들에게 의존했다고 묘사할 수밖에 없는 모습을 보인 그 모든 위인들을 생각하기 시작했습니다. 나는 이런 관계가 모두 전적으로 플라토닉한 사랑이었다고 단언하지는 않을 생각인데, 아마 윌리엄 존슨 힉스 경*은 아예 부정하겠지요. 그러나 그 남자들이 이 관계에서 위안과 달콤한 말과 육체적 쾌락만을 얻었다고 주장한다면, 우리는 이 걸출한 남자들을 몹시 부당하게 취급하는 셈입니다. 그들이 얻은 것은 분명 같은 남성이 공급할 수 없는 것이었습니다. 더 나아가 그야말로 열광적인 시인들의 시어를 인용하지 않아도, 그것이 어떤 자극이며 오직 이성만이 줄 수 있는 선물에서 비롯되는 창조력 회복이라고 정의해도 성급한 행동은 아닐 것입니다. 이런 생각이 들었습니다. 남성은 응접실이나 아이 놀이방의 문을 열고 아마도 아이들에게 둘러싸였거나 무릎에 자수용 천을

---

*당시의 내무대신. 여성 동성애를 다룬 래드클리프 홀의 『고독의 우물』을 금서로 지정했는데 버지니아 울프는 이를 문학 검열로 여기고 다른 글에서 그를 풍자했다.

올려놓은 여성의 모습을 보게 될 텐데, 어느 쪽 모습이건 그녀는 다른 체계로 돌아가는 삶의 중심이므로 그 세계와 남성 자신의 세계(법정이나 하원일 수도 있지요)가 대비되며 그는 즉시 기분이 상쾌해지고 활기를 얻습니다. 그리고 뒤이어 아주 간단한 대화만 나누어도 자연스러운 견해 차이가 드러나며 남성 안에서 말라 버렸던 아이디어가 다시 풍요로워질 것입니다. 그리고 그녀가 남성과는 다른 매체로 창조하는 모습을 보면 그의 창조력이 되살아나 그의 척박한 마음은 알지 못하는 사이에 다시 뭔가를 구상하기 시작할 것이고, 그녀를 만나러 가려고 모자를 쓸 때면 자신에게 없었던 글귀나 장면을 찾게 되겠지요. 새뮤얼 존슨 같은 남자들에게는 트레일 부인 같은 여자가 있으며, 그는 이와 같은 이유로 그녀에게 매달립니다. 트레일 부인이 이탈리아인 음악 선생과 결혼할 때 존슨은 분노와 혐오감으로 반쯤 미치고 마는데, 스트리섬에서 보냈던 유쾌한 저녁 시간을 그리워하게 될 거라는 이유뿐만이 아니라 그의 삶을 비추던 빛이 '꺼져 버린 것처럼' 살아야 하기 때문이었지요.

존슨 박사나 괴테나 칼라일이나 볼테르가 아니어도, 비록 이 위인들과는 매우 다르겠지만, 우리는 여성의 복잡한 본성과 고도로 발달한 창조적 재능의 힘을 느낄 수 있을 것입니다. 여성이 방에 들어갑니다. 그러나 자신이 방에 들어갈 때 무슨 일이 일어나는지 여성이 말할 수 있으려면, 영어라는 언어의 자원을 바닥이 드러날 때까지 써도 모자랄 것이고, 모든 단어들은 규칙을 무시하고 날아올라 존재를 드러내야 할 것입니다. 방은 저마다 완전히 다릅니다. 고요한 방이 있고 천둥이 치는 방이 있습니다. 바다를 향해 열려 있기도 하고 반대로 감옥 마당으로 통하기도 합니다. 빨래가 널려 있기도 하고 오팔과 실크가 가득하기도 합니다. 말총처럼 뻣뻣한 방, 깃털처럼 부드러운 방도 있습니다. 그러나 여성이 거리에 있는 어느 방에 들어가기만 해도 여성성이라는 지극히 복합적인 힘 전체가 그녀의 얼굴에서 휘날릴 것입니다. 어찌 그렇지 않을 수 있을까요? 여성은 수백만 년을 줄곧 집안에 들어앉아 보냈으니 이제는 집안의 벽에 여성의 창조력이 스며들었습니다. 사실 그 창조력은 벽돌과 회반죽이 수용할 수 있는 정도를 넘어섰기에 이제는 펜과 붓과 사업과 정치에 그 힘을 써야 합니다. 그러나 이 창조력은 남성의 창조력과 굉장히 다릅니다. 이 창조력은 수 세기 동안 철저한 훈련을 통해 획득한 것이며 무엇도 대체할 수 없으므로, 그 창조력이 저지당하고 허비 된다면 애석하기 짝이 없을 거라고 우리는 단언해야 합니다. 여성이 남성처럼 글을 쓰거나 남성처럼 살거나 남성과 같은 모습이라면 애석하기 짝이 없을 것입니다. 세상의 광대함과 다양함을 고려해 볼 때 두 종류의 성도 부족한데 한 종류의 성으로 어찌 살아갈 수 있겠습니까? 교육은 비슷한 점 보다는 다른 점을 이끌어 내 강화해야 하지 않나요? 이 상태라면 우리는 지나칠 만큼 비슷하니까요. 어느 탐험가가 돌아와 다른 나뭇가지 사이로 다른 하늘을 바라보는 다른 성의 소식을 전해 준다면 인류에게 이보다 더 큰 공헌은 없을 것입니다. 우리는 X 교수가 자신이 '우월하다'는 점을 증명하려 막대 자를 찾아 뛰어가는 모습을 지켜보는 엄청난 즐거움을 덤으로 얻겠지요.

메리 카마이클은 단순히 관찰자로서도 해야 할 일이 많을 거라고, 펼쳐 둔 페이지 위쪽 허공을 응시하며 나는 생각했습니다. 정말 유감스럽지만 그녀는 사색적인 소설가가 아니라 내가 덜 흥미롭다고 생각하는 부류, 즉 자연주의 소설가가 되려는 유혹을 받을 것입니다. 그녀가 관찰할 새로운 사실은 매우 많습니다. 그녀는 더 이상 중상류 계층의 점잖은 집에 스스로를 가둘 필요가 없습니다. 그녀는 상냥하거나 겸손한 태도를 갖출 필요 없이, 그저 동료애만 품은 채 고급 창부와 매춘부, 발바리를 안은 부인이 앉아 있는 그 작고 향기로운 방으로 들어갈 것입니다. 그 여자들은 그곳에서 남성 작가가 그들의 어깨에 억지로 입힌 까칠까칠한 기성복을 입고 앉아 있습니다. 그러나 메리 카마이클은 가위를 꺼내 잘록한 부분과 구석진 부분까지 모두 꼭 맞도록 옷을 수선할 것입니다. 그때가 이르러 그 여성들의 본모습을 그대로 보게 된다면 진기한 광경이 펼쳐지겠지만, 우리는 좀 더 기다려야 합니다. 메리 카마이클은 우리의 성적 야만성의 결과인 '죄'의 영향력 때문에 여전히 자의식에 얽매일 테니까요. 계층이라는 낡고 조악한 족쇄가 여전히 그녀의 발에 매달려 있을 것입니다.

그러나 대다수의 여성은 매춘부도, 고급 창부도 아닙니다. 여름 오후 내내 먼지투성이 벨벳 옷으로 발바리를 끌어안고 앉아 있지도 않습니다. 그렇다면 여성은 무엇을 할까요? 내 마음의 눈에 강의 남쪽 어딘가에 있는, 수많은 사람들이 사는 집이 끝없이 늘어선 긴 거리 중 하나가 떠올랐습니다. 상상의 눈으로 나는 아주 나이 많은 부인이 아마도 딸인 듯한 중년 여인의 팔에 기대어 길을 건너는 모습을 보았습니다. 둘 다 점잖게 구두를 신고 모피를 두른 모습으로 봐서 그날 오후의 그 옷차림은 분명 어떤 의식이며 옷들은 매년 여름 내내 좀약을 넣은 벽장에 보관될 것입니다. 아마 매년 그래 왔겠지만 그들은 등이 켜질 무렵(해질녘은 두 사람이 가장 좋아하는 시간이니까요) 길을 건넙니다. 나이가 더 많은 여인은 여든에 가깝습니다. 하지만 그녀에게 인생이 어떤 의미였느냐고 묻는다면, 아마 발라클라바 전투 때문에 불을 밝혔던 거리가 기억난다고, 혹은 에드워드 7세의 탄생을 기념해 하이드파크에서 축포가 터지던 소리를 들었다고 말할 것입니다. 그리고 정확한 날짜와 계절을 알아내고 싶은 마음에서 그녀에게 그런데 1868년 4월 5일이나 1875년 11월 2일에는 무엇을 하고 있었느냐고 묻는다면, 그녀는 멍한 표정으로 아무것도 기억나지 않는다고 말할 것입니다. 수많은 저녁 식사를 준비했고, 접시와 컵을 씻었고, 아이들을 학교로 또 세상으로 보내야 했으니까요. 그 모든 것 중 아무것도 남지 않았습니다. 모두 사라졌습니다. 전기나 역사서는 그런 일에 대해 한 마디도 하지 않기 때문입니다. 그리고 소설은, 그럴 의도가 없더라도 불가피하게 거짓말을 합니다.

한없이 희미한 이 모든 삶을 기록으로 남겨야 한다고, 나는 메리 카마이클이 그 자리에 있는 것처럼 그녀에게 말했습니다. 그리고 머릿속으로 런던의 거리 곳곳을 계속 걸었고 그 상상 속에서 침묵이 주는 압박감과 지금까지 축적된 기록되지 않은 삶을 느꼈습니다. 그 느낌이 퉁퉁 부어오른 손가락에 반지를 끼고 두 손으로 허리를 짚은 채 거리 모퉁이에 서서 셰익스피어의 대사에 박자를 맞추듯이 요란한 몸짓으로 이야기를 나누는 여자들 때문인지, 제비꽃 파는 여자와 성냥팔이 여자와 문간 아래 자리 잡은 오글쪼글한 노파들 때문인지, 해와 구름에 따라 색이 변하는 파도처럼 사람들이 다가올 때와 상점 창문에서 불빛이 깜빡일 때마다 표정이 달라지는 떠돌이 소녀들 때문인지는 알 수 없었습니다. 모두 당신이 손에 횃불을 단단히 붙잡고 탐구해야 할 것들이에요, 라고 나는 메리 카마이클에게 말했습니다. 무엇보다, 당신 영혼의 그 깊은 곳과 얕은 곳을, 그 허영심과 관대함을 비추어야 해요. 당신의 아름다운 모습이나 못난 모습이 당신에게 어떤 의미인지 말해야 하며, 약국의 약병에서 포목점 상가로 흘러나와 인조 대리석 바닥에 퍼지는 희미한 냄새 사이에서 위아래로 흔들리는 장갑과 신발과 여러 물건들로 이루어진, 끊임없이 변화하는 세계가 당신과 무슨 상관이 있는지 말해 주어야 해요. 이렇게 말한 이유는 상상 속에서 내가 상점에 들어갔기 때문입니다. 검은색과 흰색 포석이 깔렸고, 다채로운 리본들이 놀랄 만큼 아름답게 걸려 있었지요. 메리 카마이클도 지나가다 당연히 그것을 보았을 거야, 하는 생각이 들었습니다. 안데스산맥의 눈 덮인 산봉우리나 바위투성이 협곡처럼 펜을 들어 묘사하기에 알맞은 광경이니까요. 또 계산대 뒤에 소녀가 있었는데, 저라면 늙은 Z 교수와 그 부류들이 지금 쓰고 있는 백오십 번째 나폴레옹 전기나 키츠와 그의 밀턴식 도치법 활용에 대한 일흔 번째 연구서보다는 그녀의 진솔한 사연을 쓸 겁니다. 그리고 나는 까치발을 살금살금 옮기듯이 매우 조심스럽게(나는 겁이 많아서 예전에 내 어깨에 닿을 뻔한 채찍이 두렵

답니다), 메리 카마이클이 남성의 허영심(이보다는 불쾌함을 덜 주는 습성이라는 표현을 쓰는 게 낫겠군요)을 비꼬지 않고 비웃는 법도 배워야 한다고 중얼거렸습니다. 우리의 뒤통수에는 스스로 볼 수 없는 동전만 한 점이 있기 때문입니다. 뒤통수에 있는 그 동전만 한 점이 어떤 모습인지 설명해 주는 것은 남성과 여성이 서로에게 베풀 수 있는 호의 중 하나입니다. 유베날리스*의 논평과 스트린드베리**의 비평이 여성에게 얼마나 큰 도움이 되었는지 생각해 보세요. 먼 옛날부터 남성이 얼마나 자애롭고 재치 있게 여성에게 뒤통수에 있는 그 어두운 곳을 지적해 주었는지 생각해 보세요! 메리가 매우 용감하고 정직한 사람이라면 그녀는 남성의 등 뒤로 가서 그곳에서 발견한 것을 우리에게 말해 줄 것입니다. 여성이 동전만 한 그 점에 대해 설명해 준 다음에야 비로소 남성의 진정한 초상을 온전히 그릴 수 있습니다. 우드하우스 씨와 캐서번 씨***는 그런 크기와 특징을 갖춘 반점입니다. 물론 지각 있는 사람이라면 그녀에게 일부러 비웃고 조롱하라고 조언하지는 않을 것입니다. 그런 마음으로 쓴 글이 무의미하다는 것을 문학은 알려 줍니다. 그보다는 진실을 말하면 틀림없이 그 결과가 놀랄 만큼 흥미로울 것입니다. 틀림없이 희극이 풍요로워질 것입니다. 틀림없이 새로운 사실이 발견될 것입니다.

그러나 이제는 시선을 내려 다시 책을 보아야 할 때입니다. 메

---

*Decimus Junius Juvenalis(55?~140?): 고대 로마의 풍자 시인.
**August Strindberg(1849~1912): 스웨덴의 극작가 겸 소설가.
***조지 엘리엇의 『미들마치』에 등장하는 인물.

리 카마이클이 쓸지 모르거나 써야 하는 것을 추측하기보다는 메리 카마이클이 실제로 쓴 것을 보는 편이 낫겠지요. 그래서 나는 다시 책을 읽기 시작했습니다. 그녀에게 확실히 느꼈던 불만이 기억나더군요. 그녀는 제인 오스틴의 문장을 해체했고 그래서 내 흠잡을 데 없는 취향과 깐깐한 청력을 자랑할 기회를 주지 않았어요. 이 두 작가가 유사점이 전혀 없다는 사실을 인정해야 하는 경우라면 "그래, 그래, 아주 좋아요. 하지만 제인 오스틴은 훨씬 더잘 썼어요."라고 말해 보았자 쓸모없으니까요. 그런데 그녀는 더 나아가 장면의 연속성, 즉 예상되는 순서를 파괴했더군요. 여성이 여성다운 글을 쓰려고 할 때 그러듯이, 어쩌면 그녀는 무의식적으로 그저 상황에 자연스러운 질서를 부여하느라 그렇게 쓴 것일지도 모릅니다. 그러나 그 결과는 다소 당혹스러웠습니다. 산더미처럼 쌓이는 파도를, 다음 모퉁이 근처에서 다가오는 위기를 볼 수가 없었어요. 그래서 나는 내 감정의 깊이도, 인간의 마음에 대한 심오한 지식도 자랑할 수 없었지요. 내가 사랑에 대해, 죽음에 대해 평범한 장소에서 평범한 감정을 느끼려고 하는 순간마다, 그 성가신 작가가 아주 조금만 더 가면 중요한 핵심이 나온다는 듯이 나를 잡아끌었기 때문입니다. 이렇게 하여 그녀 때문에 나는 '근본적인 감정', '인간의 공통점', '인간 마음의 깊이'에 대한 격조 높은 구절을 비롯해 인간이 겉보기에는 약삭빠를지언정 내면은 매우 진지하고 심오하며 인도적이라는 우리의 믿음을 뒷받침할 여타 다른 구절을 줄줄 읊어 댈 수가 없었습니다. 반대로 그녀는 나로 하여금 우리가 진지하고 심오하고 인도적인 존재가 아니라 (이

135

렇게 생각하면 매력이 반감되는데) 그저 게으른데다 인습적인일지도 모른다고 느끼게 만들었지요.

그러나 나는 계속 책을 읽었고 몇 가지 다른 사실에 주목했습니다. 그녀는 '천재'가 아니었고 그것은 명백한 사실이었습니다. 그녀에게는 윈칠시 부인, 샬럿 브론테, 에밀리 브론테, 제인 오스틴, 조지 엘리엇 같은 위대한 선구자들이 품었던 자연에 대한 애정, 타오르는 상상력, 격정적 시심, 빛나는 기지, 사색적 지혜가 없었습니다. 도로시 오즈번처럼 선율과 기품이 흐르는 글을 쓰지도 못했습니다. 사실 그녀는 영리한 아가씨에 불과했고 십 년 뒤에 그녀의 책들은 틀림없이 출판사에 의해 재생지로 만들어질 겁니다. 그러나 그럼에도, 그녀에게는 재능이 훨씬 뛰어난 여성들이 오십 년 전까지만 해도 누리지 못했던 이점이 있었습니다. 남성은 더 이상 '반대파'가 아니었던 것입니다. 그녀는 남성에게 욕을 퍼붓느라 시간을 낭비할 필요가 없습니다. 지붕에 올라가 그녀에게 허락되지 않은 여행과 경험, 세상과 사람들에 대한 지식을 갈망하며 마음의 평화를 깨뜨리지 않아도 됩니다. 두려움과 증오는 거의 사라졌거나, 자유의 기쁨을 조금 과장해서 표현할 때와 남성을 신랄하고 풍자적으로 다루는 경향에서 그 흔적만 엿보일 뿐이었습니다. 그러니 그녀가 소설가로서 높은 수준의 자연스러운 이점을 누렸음은 의심할 여지가 없습니다. 그녀에게는 매우 폭넓고 열정적이며 자유로운 감수성이 있었습니다. 그 감수성은 거의 감지할 수 없는 감촉에도 반응했습니다. 야외에 새로 심은 식물처럼 자신에게 다가오는 모든 풍경과 소리를 만끽했습니다. 또한 그 감수성은 거의 알려지지 않았거나 기록되지 않은 것들 사이를 신기하다는 듯이 매우 절묘하게 돌아다녔습니다. 그리고 사소한 것에 머물며 결국은 그것이 사소하지 않을 수도 있다는 사실을 보여 주었습니다. 그 감수성은 묻혀 있던 것들을 들추어냈고 사람들은 왜 그것들이 그곳에 묻혀 있어야 했는지 의아하게 여겼습니다. 비록 서툴렀고, 새커리나 램처럼 펜을 놀리기만 해도 귀를 즐겁게 하는 작품을 쓸 수 있었던 오랜 혈통을 무의식적으로 타고나지도 못했지만, 그녀는 (이제 이런 생각이 들기 시작하더군요) 중요한 첫 교훈을 터득했습니다. 즉 그녀는 여성으로서 글을 쓰되 자신이 여성임을 잊은 여성으로서 글을 썼고 그래서 그녀가 쓴 페이지들은 성이 스스로를 의식하지 않을 때만 나타나는 그 진기한 성적 특징으로 가득합니다.

모두 환영할 일입니다. 그러나 그녀가 순식간에 사라지는 것들과 개인적인 것들을 재료로, 쓰러지지 않을 영속적인 건물을 세우지 못한다면 풍부한 감각이나 섬세한 직관도 아무 소용이 없겠지요. 나는 앞에서 그녀가 '어떤 상황'에 직면할 때까지 기다리겠다고 말했습니다. 그 말은 그녀가 부르고 손짓하고 한데 모음으로써 자신이 단순히 표면만 스친 게 아니라 밑바닥까지 들여다보았음을 증명할 때까지 기다리겠다는 뜻이었습니다. 어떤 순간이 이르면 그녀는 스스로에게 말할 것입니다. 이제 때가 되었어. 거친 행동을 전혀 하지 않고도 나는 이 모든 것의 의미를 보여 줄 수 있어. 그리고 그녀는 손짓해 부르기 시작할 것이고(그야말로 틀림없는 태동이지요!), 다른 장에서 잠깐 얼굴을 내밀었던 반쯤 잊힌 것들, 어쩌면 사소한 것들이 기억 속에 떠오를 것입니다. 그녀는 누군가 바느질을 하거나 담배를 피우는 동안 잊혔던 그것의 존재가 가능한 자연스럽게 느껴지도록 만들 것이고, 그녀가 글을 계속 써 나가는 동안 우리는 마치 세상의 꼭대기에 올라가 저 아래 몹시 장엄하게 펼쳐진 세상을 보고 온 듯한 기분을 느끼겠지요.

어쨌든 그녀는 그런 시도를 하는 중이었습니다. 그리고 나는 그녀가 오랜 시간을 들여 그 시험을 준비하는 모습을 지켜보다가, 주교와 사제, 박사와 교수, 가부장과 현학자들이 모두 그녀에게 경고와 조언을 던지는 모습을 보았고 그녀는 그 광경을 보지 않기를 바랐습니다. 이건 할 수 없고 저건 해서는 안 됩니다! 연구원과 학자들만 잔디밭에 들어갈 수 있습니다! 여자는 소개장 없이 입장 불가예요! 큰 뜻을 품은 우아한 여성 소설가들은 이쪽입니다! 그렇게 그들은 경마장 울타리에 몰려든 관중처럼 그녀에게 계속 소리를 질러 댔고 좌우로 고개를 돌리지 않고 자신의 장애물을 뛰어 넘는 것이 그녀가 치러야 할 시험이었습니다. 욕을 하려 멈춘다면 지고 말아요, 하고 나는 그녀에게 말했습니다. 비웃으려고 멈춰도 마찬가지예요. 머뭇거리거나 더듬거린다면 당신은 끝이에요. 뛰어넘는 데만 생각을 집중해요. 나는 전 재산을 그녀에게 건 것처럼 애원했습니다. 그리고 그녀는 새처럼 훌쩍 장애물을 뛰어 넘었습니다. 그러나 그 너머에 다른 장애물이 있었고 그 너머에도 있었습니다. 박수와 고함이 신경을 날카로워지게 만들었으므로 나는 그녀에게 지구력이 있을지 의심스러웠습니다. 그러나 그녀는 최선을 다했습니다. 메리 카마이클이 천재가 아니었고 시간과 돈,

게으름 등 원하는 것들을 충분히 누리지 못한 채 침실 겸 거실에서 첫 소설을 쓴 무명의 아가씨에 불과하다는 점을 고려하면, 그녀가 이룬 것이 그렇게 형편없지는 않다고 나는 생각했습니다.

그녀에게 백 년을 더 주자. 나는 마지막 장을 읽으며 결론을 내렸습니다(누군가 거실 커튼을 홱 잡아당긴 바람에 별이 총총한 하늘을 배경으로 사람들의 코와 맨 어깨가 고스란히 드러나더군요). 그녀에게 자기만의 방과 매년 오백 파운드를 주고 자기 마음을 이야기하게 하고 지금 쓴 것의 절반을 덜어 내게 하면, 머지않아 좋은 책을 쓸 거야. 나는 메리 카마이클이 쓴 『생의 모험』을 책장 끄트머리에 넣으며 말했습니다. 그녀는 시인이 될 거야, 백 년이라는 시간이 한 번 더 지나면.

feel certain that I am going
again. I feel we cant go
gh another of those terrible times.
I shant recover this time. I begin
can write, & cant concentrate.
I am doing what seems the best
ng to do. You have given
Greatest possible happiness

6장

ople would have been ...
is terrible disease came. I cant
at it any longer. I know that I am
ruining your life that with out me y
ould work. And you will I know
re. I cant even write this properly.
read. What I want to say is th
ve all the happiness of my life to y
have been entirely patient with me
redibly good. want to say that
body knows it. If any body
body

다음 날, 10월 아침의 햇빛이 커튼을 뗀 창문 사이로 먼지투성이 빛줄기를 들여보냈고 거리에서는 붕붕거리는 자동차 소리가 들려왔습니다. 이제 런던은 기지개를 켜며 일어나고 있었습니다. 공장은 활기를 띠었습니다. 기계들이 돌아가기 시작했습니다. 내내 책을 읽었더니 창밖을 내다보며 1928년 10월 26일 아침에 런던이 무엇을 하고 있는지 보고 싶은 마음이 들었지요. 그런데 런던은 무엇을 하고 있었을까요? 아무도 『안토니우스와 클레오파트라』를 읽고 있는 것 같지는 않았습니다. 런던은 셰익스피어의 희곡에는 아예 무관심한 것처럼 보였습니다. 누구도 소설의 미래나 시의 죽음, 평범한 여성의 생각을 충분히 표현해 줄 산문체의 발달에 대해 눈곱만큼도(비난하는 것이 아닙니다) 신경 쓰지 않았습니다. 이런 문제에 대한 의견을 보도에 분필로 적어 두었다고 해도 몸을 구부리고 그것을 읽는 사람은 없을 것입니다. 냉담하고 분주한 발걸음이 삼십 분 만에 그것들을 문질러 지워 버릴 것입니다. 심부름꾼 소년이 왔습니다. 한 여인이 줄에 맨 개를 데리고 왔습니다. 런던 거리의 매력은 비슷한 사람이 하나도 없다는 사실입니다. 저마다 자기만의 개인적인 용무에 매인 것처럼 보입니다. 사업가처럼 보이는 사람들이 작은 가방을 들고 걸어갑니다. 떠돌이들이 지팡이로 지하 출입구 난간을 덜그럭덜그럭 두드립니다. 거리를 사교 클럽 모임 장소로 여기는지 마차에 탄 사람들을 불러 세우고 묻지도 않은 정보를 알려 주는 싹싹한 사람들도 있습니다. 장례 행렬도 지나갔는데, 사람들은 제 육신도 죽음을 맞이할 것임을 문득 깨닫고 모자를 들어 조의를 표했습니다. 매우 기품 있는 신사가 천천히 계단을 내려오다가, 어떻게 장만했는지 화려한 모피 코트를 입고 제비꽃 한 다발을 든 수선스러운 부인과 부딪치지 않으려 걸음을 멈추었습니다. 그들은 모두 개별적인 존재로 자기만의 일에 몰두한 것처럼 보였습니다.

그 순간, 런던에서는 자주 일어나는 일이지만 거리의 흐름이 완전히 잠잠해지며 정지되었습니다. 무엇도 거리를 따라 움직이지 않았습니다. 누구도 지나가지 않았습니다. 거리 끝에 선 플라타너스에서 나뭇잎 하나가 떨어져 잠시 정지된 그 풍경에 내려앉았습니다. 왜 그런지 신호가 내려오는 느낌이었고, 그것은 우리가 간과했던 것들에 담긴 힘을 가리키는 신호처럼 보였습니다. 그것은 어떤 강을 가리키는 것 같았습니다. 그 보이지 않는 강은 옥스브리지의 강물이 배에 탄 대학생과 마른 잎들을 데리고 흘러갔던 것처럼 모퉁이를 돌아 길을 따라 흘러가다가 사람들을 싣고 소용돌이쳤습니다. 이제 그것은 거리 한쪽에서 대각선 방향으로 에나멜 가죽 부츠를 신은 소녀를 데려오더니, 다음에는 밤색 외투를 입은 젊은 남자를 데려왔습니다. 택시도 데려왔습니다. 그리고 정확히 내 창문 바로 밑 한 지점에 그 셋을 모두 모았습니다. 택시는 그곳에 정차했습니다. 소녀와 젊은 남자는 걸음을 멈추었습니다. 둘은 택시를 탔습니다. 택시는 조류에 휩쓸린 것처럼 다른 곳으로 미끄러지듯 떠났습니다.

매우 일상적인 광경이었어요. 이상한 점은 내 상상력이 그 광경에 불어넣은 리드미컬한 질서와 두 사람이 택시를 타는 그 일상적인 광경이 만족스러워 보이는 두 사람의 모습에 담긴 뭔가를 전달하는 힘이 있다는 사실이었습니다. 두 사람이 거리를 걸어 모퉁이에서 만나는 광경이 마음의 어떤 긴장을 덜어 주는 것 같다고, 택시가 모퉁이를 돌아 사라지는 모습을 지켜보며 나는 생각했습니다. 어쩌면 지난 이틀 동안 내가 했듯이 한 성을 다른 성과 별개로 생각하려면 큰 노력이 필요할 것입니다. 그 생각은 마음의 통일성을 방해합니다. 이제 두 사람이 만나 택시를 타는 모습을 보면서 그 노력은 끝났고 마음의 통일성도 회복되었습니다. 우리가 그토록 전적으로 의지하는 대상인데도 마음에 대해 알려진 것이 전혀 없으니 마음은 분명 매우 신비로운 기관이라고, 나는 창밖으로 내밀었던 머리를 안으로 들이며 생각했습니다. 몸이 긴장하는 이유가 분명히 있는 것처럼 마음에도 단절과 대립이 있다고 느껴지는 이유가 무엇일까요? '마음의 통일성'이라는 말은 무슨 뜻일까요? 나는 곰곰이 생각해 보았습니다. 마음은 분명 어느 순간 어느 곳에서든 집중하는 대단한 능력이 있으므로 단 하나의 상태로 존재하지는 않는 것 같습니다. 예를 들어 마음은 거리의 사람들로부터 스스로를 분리해 위층 창문에서 사람들을 내려다보며 자신이 그들과 별개인 존재라고 생각할 수 있습니다. 혹은 다른 사람들과 자연스럽게 같은 생각을 할 수도 있는데 예를 들면 발표되는 새로운 소식을 들으려고 군중 속에서 기다릴 때 그렇지요. 앞에서 글 쓰는 여성이 그 어머니들을 통해 과거를 되짚어 본다고 말한 것처럼, 마음도 그 아버지나 어머니를 통해 과거를 돌아볼 수 있습니다. 그리고 여성이라면 갑자기 의식이 분열되는 상황에 놀랄 때가 많은데, 다시 말해 화이트홀*을 따라 걷다가 자신이 그 문명의 타고난 상속자가 아니라 그 반대로 거기에서 벗어난 이질적이고 비판적인 존재임을 깨닫기도 합니다. 분명 마음은 늘 그 초점을 바꾸며 세상을 다양한 시각으로 바라봅니다. 그러나 이런 마음 상태 중 어떤 것은 자발적으로 선택했다 하더라도 다른 마음 상태보다 불편해 보입니다. 그런 불편한 마음 상태를 유지하려면 무의식적으로 뭔가를 억제하게 되고 그런 억제는 노력을 요합니다. 그러나 어떤 것도 억제할 필요가 없기에 노력하지 않고도 지속되는 마음 상태가 있을지 모릅니다. 어쩌면 지금이 그런 상태일 거라고, 나는 창문에서 몸을 떼며 생각했습니다. 왜냐하면 그 두 사람이 택시를 타는 모습을 보았을 때, 나뉘었던 마음이 다시 모여 자연스럽게 융합된 듯한 느낌이 분명히 들었기 때문입니다. 그 이유는 틀림없이 두 성이 협력하는 것이 자연스러운 일이기 때문이겠지요. 우리에게는 남녀의 연합이 가장 큰 만족감, 가장 완전한 행복

*각종 관청이 들어선 런던 중심가.

을 준다는 이론을 지지하려는 뿌리 깊은 본능이 있습니다. 그러나 택시를 타는 그 두 사람의 모습과 그 광경이 준 만족감 때문에, 나는 신체에 두 가지 성이 있듯이 마음에도 두 가지 성이 있는지, 그리고 마음의 두 가지 성도 완전한 만족과 행복을 얻기 위해 연합해야 하는지 묻게 되었습니다. 그리고 뒤이어 서투르지만 우리 영혼의 약도를 그려 두 가지 힘, 즉 남성적인 힘과 여성적인 힘이 우리 각자의 내면을 관장하는 모습을 표현했습니다. 남성의 머릿속에서는 남성이 여성보다 우세하고, 여성의 머릿속에서는 여성이 남성보다 우세합니다. 이 두 힘이 서로 조화를 이루어 정신적으로 협력할 때 우리는 정상적이고 편안한 상태가 됩니다. 남성이라고 해도 두뇌의 여성적인 부분이 작용해야 합니다. 여성 또한 자기 속의 남성과 교류해야 합니다. 콜리지*가 위대한 마음은 양성(兩性)이라고 말했을 때도 어쩌면 이런 의미였을 것입니다. 이 융합이 일어날 때 비로소 마음은 온전히 풍요로워져서 그 기능을 모두 사용하게 됩니다. 아마 순전히 남성적인 마음은 순전히 여성적인 마음과 마찬가지로 뭔가를 창조할 수 없을 거라고, 나는 생각했습니다. 그러나 잠시 멈추어 책 한두 권을 보면서 여성적 남성이란 무엇이고 반대로 남성적 여성이란 무엇인지 확인해 보는 게 좋겠지요.

위대한 마음은 양성적이라는 콜리지의 말은 여성에게 특별히 동조하는 마음이라는 뜻은 분명 아닙니다. 여성의 주장을 두둔하

---

*Samuel Taylor Coleridge(1772~1834): 시인 겸 평론가로 워즈워스, 키츠, 바이런 등 함께 영국 낭만주의를 대표하는 시인.

거나 여성을 대변하는 데 전념하는 마음이라는 뜻도 아닙니다. 아마 양성적 마음은 하나의 성으로만 구성된 마음보다 성적 차이를 구별하는 능력이 부족할 테니까요. 아마 콜리지가 뜻한 양성적 마음은 울림이 풍부하고 침투성이 있으며, 막힘없이 감정을 전달하고, 본디부터 창조적이고 열정적이며 분열되지 않은 마음일 것입니다. 셰익스피어가 여성을 어떻게 생각했는지는 알 수 없지만 사실 양성적 마음, 즉 여성적 남성의 마음을 지닌 대표적인 인물로 셰익스피어를 꼽을 수 있습니다. 그리고 정말로 성을 특별하게 혹은 분리해서 생각하지 않는 것이 온전히 성숙한 마음의 표시 중 하나라면, 지금은 그런 상태에 도달하기가 그 어느 때보다 어렵습니다. 나는 현존하는 작가들의 책이 있는 곳으로 가서 잠시 걸음을 멈추고 이 사실이 나를 오랫동안 곤혹스럽게 한 어떤 문제의 기저에 있는 게 아닐까, 질문했습니다. 우리 시대만큼 집요하게 성을 의식한 시대는 없을 것입니다. 대영 박물관에 소장된, 남성이 여성에 대해 쓴 무수한 책들이 그 증거입니다. 여성 참정권 운동도 분명 책임이 있습니다. 그 운동이 남성의 내면에 자기주장에 대한 엄청난 욕구를 불러일으킨 게 분명합니다. 남성은 도전받지 않았다면 굳이 생각하지 않았을 자신의 성과 그 특징을 강조하게 된 것이지요. 그리고 사람은 도전을 받으면, 더구나 전에 한 번도 도전을 받은 적이 없다면, 그것이 검은 보닛을 쓴 몇몇 여성의 도전일지라도, 과도하게 보복합니다. 어쩌면 이 점이 내가 여기에서 찾아냈다고 기억되는 일부 특징을 설명해 줄 거라고 생각하면서, 나는 한창 전성기를 누리며 비평가들에게 틀림없이 대단한 호평을 받는 A 씨의 새 소설을 꺼냈습니다. 책을 펼쳤습니다. 사실, 다시 남성의 글을 읽으니 즐거웠습니다. 여성의 글을 읽은 뒤에 읽으니 매우 직설적이고 솔직하게 느껴졌습니다. 매우 자유로운 마음과 신체, 그리고 자신감이 드러났습니다. 방해나 반대를 받은 적 없고 어디든 원하는 대로 뻗어 나갈 수 있는 온전한 자유를 타고난 마음, 좋은 영양분을 섭취했고 교육을 잘 받은 이 자유로운 마음 앞에서, 나는 물리적인 행복을 느꼈습니다. 이 모든 게 감탄스러웠습니다. 그러나 한두 장(章)을 읽은 뒤, 어떤 그림자가 책을 가로지르는 것 같았습니다. 그것은 곧고 검은 막대로, 글자 'I'처럼 생긴 그림자였습니다. 나는 그 그림자 너머의 풍경을 포착하려고 이리저리 몸을 피했습니다. 그 풍경이 실제로 나무였는지 걸어가는 여자였는지 확실히 알 수가 없었습니다. 다시 책으로 돌아오면 반드시 글자 'I'가 나를 맞이했습니다. 나는 이 'I'가 지겨워지기 시작했습니다. 이 'I'가 굉장히 존경스러운 'I'가 아니라는 말은 아닙니다. 'I'는 정직하고 논리적이며 견과처럼 단단하고, 좋은 교육과 좋은 양분으로 수백 년 동안 광을 낸 게 맞습니다. 나는 진심으로 'I'를 존중하고 존경합니다. 그러나(여기에서 나는 다른 것을 찾아보려고 책을 한두 장 넘겼습니다) 가장 나쁜 점은 글자 'I'의 그림자 속에서 모든 것이 안개처럼 형체가 없어진다는 사실이었습니다. 저건 나무인가요? 아니, 여자로군요. 그러나…… 몸에 뼈가 하나도 없다고, 나는 해변을 가로지르는 피비(이것이 그녀의 이름이었습니다)를 지켜보며 생각했습니다. 그때 앨런이 일어났고 앨런의 그림자가 즉시 피비를 지워 버렸습니다. 앨런에게는 의견이 있었고 피비는 그의 의견이라는 홍수 속으로 사라져 버렸으니까요. 그러다 앨런이 욕정을 품었다는 생각이 들었습니다. 이때 나는 위기가 다가오고 있다는 느낌에 책장을 재빨리 여러 장 넘겼고, 정말 그랬습니다. 그 일은 태양 아래 해변에서 일어났습니다. 매우 공개적이었습니다. 매우 격렬했습니다. 보다 더 외설적일 수는 없었을 것입니다. 그러나…… '그러나'라는 말을 너무 자주 했네요. '그러나'라는 말만 되풀이할 수는 없지요. 문장을 어떻게든 끝마쳐야 한다고, 저는 스스로를 꾸짖었습니다. "그러나…… 나는 지루했습니다!"라고 끝내도 될까요? 그러나 나는 왜 지루했을까요? 어느 정도는 글자 'I'가 지배력을 떨치며 거대한 너도밤나무처럼 그 그늘이 드리워진 곳을 무미건조하게 만든 탓이었습니다. 거기에서는 무엇도 자라지 않을 것입니다. 그리고 어느 정도는 좀 더 모호한 이유 때문이었습니다. A 씨의 마음에는 창조적 기운이 솟는 샘을 막고 그 기운을 좁은 경계 안에 가두는 어떤 장애물, 어떤 방해물이 있는 것 같았습니다. 그리고 옥스브리지에서의 오찬과 담뱃재와 맨섬 고양이와 테니슨과 크리스티나 로세티를 모두 뭉뚱그려 떠올리니, 그 장애물이 거기 있을지도 모른다는 생각이 들더군요. 피비가 해변을 가로지를 때 앨런은 이제 "눈부신 눈물이 떨어졌네, 문가에 핀 시계꽃에서."라고 숨 죽여 흥얼거리지 않고, 피비도 그가 다가올 때 더 이상 "내 마음은 노래하는 새, 물 댄 어린 가지에 둥지를 지었네."라고 대답하지 않는데, 앨런이 무엇을 할 수 있겠어요? 대낮처럼 솔직하고 해처럼 논리적인 앨런이 할 수 있는 행동은 단 하나입니다. 공정하게 말해서 그는 그 일을 하고, 하고(나는 페이지를 넘기며 말했습니다), 또 합니다. 그리고 그것이 어쩐지 따분해 보였다고, 나는 이 고백이 기분 나쁜 것임을 의식하며 덧붙였습니다. 셰익스피어의 외설은 우리 마음속에 있는 다른 수많은 것들을 뿌리째 뽑아 버리기 때문에 따분할 수가 없습니다. 그러나 셰익스피어는 재미삼아 그렇게 합니다. 반면 A 씨는 유모들 말처럼 일부러 그렇게 합니다. 항의의 뜻으로 그러는 것입니다. 그는 자신의 우월성을 주장함으로써 다른 성이 동등한 존재라는 사실에 항의하고 있습니다. 따라서 그는 방해받고 억눌리며 자의식에 사로잡힙니다. 셰익스피어도 클러프 양*과 데이비스 양**을 알았더라면 그랬을지 모릅니다. 여성운동이 19세기가 아니라 16세기에 시작되었다면 엘리자베스 시대 문학은 틀림없이 지금의 모습과 아주 달랐을 것입니다.

마음에 두 가지 면이 있다는 이 가설이 타당하다면, 그렇다면 이제는 남성성의 자의식이 강해졌다는 결론에 이릅니다. 즉 남성은 이제 자기 두뇌의 남성적 측면만 활용해 글을 쓰고 있습니다. 그런 글을 읽는 여성은 잘못 판단한 것입니다. 여성이 찾는 것을 결코 발견하지 못할 테니까요. 나는 평론가 B 씨의 책을 손에 들고 시의 기법에 대한 그의 논평을 매우 주의 깊고도 매우 충실하게 읽으며, 그가 놓친 가장 큰 부분이 암시하는 능력이라고 생각했습니다. 그의 논평은 매우 뛰어났고 예리하며 풍부한 학식이 풍

---

*Anne Jemima Clough(1820~1892): 여성 참정권과 여성 고등 교육을 주장한 교육자로, 뉴넘 대학 초대 학장.
**Sarah Emily Davis(1830~1921): 여권 운동가로 영국 최초의 여자대학인 케임브리지 거턴 대학의 공동 창립자.

겨 나왔습니다. 그러나 문제는 그의 감정이 더 이상 전달되지 않는다는 사실이었습니다. 그의 마음은 서로 다른 방에 분리된 것 같았습니다. 어떤 소리도 한 방에서 다른 방으로 전해지지 않았습니다. 그리하여 B 씨의 문장 하나를 마음에 떠올리면, 그것은 쿵 하고 바닥으로 떨어져서…… 죽어 버립니다. 그러나 콜리지의 문장 하나를 마음에 떠올리면 문장이 폭발하며 온갖 종류의 다른 생각을 탄생시키는데, 영원한 삶의 비밀이 담겼다고 말할 수 있는 종류의 글은 오로지 그런 글뿐입니다.

그러나 이유가 무엇이든 이는 개탄할 사실입니다. 왜냐하면 (이 때 나는 골즈워디 씨*와 키플링 씨**의 책들이 줄줄이 꽂힌 곳에 도착한 뒤였습니다) 현존하는 가장 위대한 작가들의 훌륭한 일부 작품이 쇠귀에 경 읽기와 마찬가지라는 뜻이기 때문입니다. 비평가들이 작품에 존재한다고 장담하는 영원한 생명의 샘을 여성들은 어떤 수로도 발견할 수 없습니다. 그 작품들이 남성의 미덕을 찬양하고 남성의 가치관을 강요하고 남성의 세계를 묘사하기 때문만은 아닙니다. 그런 책에 스민 감정은 여성이 이해할 수 없는 것이기 때문입니다. 그것이 다가오고 있어, 모여들고 있어, 우리 머리 위에서 폭발하기 직전이야, 라고 비평가는 책이 끝나기 한참 전부터 말하기 시작합니다. 그 그림은 늙은 졸리온***의 머리에 떨어

질 것입니다. 그는 그 충격으로 죽을 것입니다. 그 늙은 서기는 부고를 두세 마디로 신문에 실을 것입니다. 그리고 템스강의 백조들은 모두 동시에 노래를 부르기 시작하겠지요. 그러나 이런 일이 일어나기 전에 여성은 마구 달아나 구스베리 덤불에 숨어 버릴 것입니다. 남성에게 그토록 심오하고 그토록 미묘하며 그토록 상징적인 감정이 여성에게는 기이하게 느껴지기 때문입니다. 그러니 키플링 씨의 작품에 등장하는, **등**을 돌린 장교들과 씨를 뿌리는 **파종자들**, 홀로 **일**만 하는 그의 **남자들**, 그리고 **깃발**…… 이렇게 굵은 글씨로 강조된 단어들을 보면 여성은 사내들이 자기들끼리 흥청망청한 술판에서 나누는 이야기를 엿듣다 들키기라도 한 듯 얼굴을 붉힙니다. 사실 골즈워디 씨나 키플링 씨의 내면에는 여성적인 불꽃이 없습니다. 그리하여 그들의 모든 자질은, 일반화해도 된다면, 여성에게는 조잡하고 미숙해 보입니다. 그들에게는 암시하는 힘이 없습니다. 그리고 책에 암시하는 힘이 없으면 마음의 표면을 제아무리 세게 부딪친들 내부로 침투하지 못합니다.

책을 꺼냈다가 읽지도 않고 제자리에 돌려놓을 때처럼 불안한 마음으로, 나는 교수들의 편지(예를 들어 월터 롤리 경의 편지)에서 예감할 수 있으며 이탈리아 통치자들이 이미 실현한, 앞으로 다가올 순전히 자기중심적인 남성성의 시대를 상상해 보았습니다. 로마에 가면 우리는 완전히 남자다운 감각에 깊은 인상을 받지 않을 수 없기 때문입니다. 완전한 남자다움이라는 가치가 국가적으로 어떤 가치를 지니든, 우리는 그것이 시라는 예술에 어떤 영향을 미치는지 질문해도 될 것입니다. 어쨌거나 신문에 따르면 이탈리아에서는 소설을 염려하는 분위기가 있다고 합니다. '이탈리아 소설을 발전시키는 것'이 목표인 학술회가 열렸습니다. 저번에는 "명문가 태생, 혹은 금융이나 산업, 혹은 파시스트 기업의 저명인사들"이 함께 모여 그 문제를 논의했고 "파시스트 시대는 곧 그에 걸맞은 시인을 낳을 것"이라는 희망을 표현한 전보를 총통에게 보냈습니다. 우리 모두 그 경건한 희망에 동참해도 되겠지만, 시가 인큐베이터를 벗어날 수 있을지는 의문입니다. 시에게는 아버지뿐만 아니라 어머니도 필요하니까요. 파시스트 시가 어느 지방 소도시 박물관의 유리병에 든 것처럼 작고 끔찍한 낙태아가 될까 봐 두렵기도 합니다. 그런 괴물은 결코 오래 살지 못한다고 하지요. 그런 종류의 천재가 들판에서 풀을 뜯는 모습은 본 적이 없습니다. 한 몸에 머리가 둘이면 오래 살아남지 못합니다.

그러나 책임을 묻고 싶다면, 이 모든 것을 남성과 여성 중 어느 한쪽의 탓으로만 돌릴 수는 없습니다. 그랜빌 경에게 거짓말 한 베스버러와 그레그 씨에게 진실을 말한 데이비스 양 등 모든 선동가와 개혁자들은 책임이 있습니다. 성별을 의식하는 상태를 초래한 모든 이들의 탓이며, 바로 그들 때문에 나는 내 재능을 책에 발휘하고 싶을 때면 데이비스 양과 클러프 양이 태어나기 전, 작가가 자기 마음의 두 가지 측면을 똑같이 활용하던 그 행복한 시대의 책을 찾게 됩니다. 그러려면 셰익스피어에게 되돌아가야 합니다. 셰익스피어는 양성적이었으니까요. 키츠와 스턴, 쿠퍼, 램, 콜리지도 마찬가지였습니다. 셸리는 아마 성별이 없었을 것입니다. 밀턴과 벤 존슨의 내면에는 남성적 활기가 지나치게 많았습니다.

워즈워스와 톨스토이도 그랬지요. 우리 시대에서는 프루스트가 온전히 양성적인 작가인데 어쩌면 여성적 측면이 좀 더 강할 수도 있습니다. 그러나 그런 결점은 매우 희귀한 것이라 불평할 수가 없는데, 그런 종류의 혼합이 없으면 지성이 우세한 것처럼 보이면서 마음의 다른 기능이 딱딱해지고 빈약해지기 때문입니다. 그러나 나는 이것이 어쩌면 지나가는 단계일 거라고 생각하며 마음을 달랬습니다. 여러분에게 내 생각의 흐름을 말해 주겠다고 약속했고 그에 따라 지금까지 이야기를 전개했는데 그중 상당 부분이 시대에 뒤떨어진 것처럼 보일 것입니다. 내 눈에서 타오르는 불꽃의 상당 부분이 아직 성년이 되지 않은 여러분에게는 미심쩍게 보이겠지요.

그렇더라도 내가 여기에 쓸 첫 문장은 글을 쓰는 사람이 자신의 성을 생각하는 것은 치명적이라는 내용이 될 거야, 라고 나는 방을 가로질러 책상으로 다가가 '여성과 소설'이라는 제목이 달린 종이를 집어 들며 말했습니다. 순전히 단순하게 남성이나 여성이 되는 것은 치명적입니다. 남성적 여성이나 여성적 남성이 되어야 합니다. 여성이 어떤 불만이든지 조금이라도 강조하는 것, 정당하더라도 어떤 명분을 옹호하는 것, 어떤 식으로든 여성임을 의식하며 말하는 것은 치명적인 행위입니다. 그리고 치명적이라는 말은 비유적 표현이 아닙니다. 그런 의식적 편견을 가지고 쓴 글은 죽음에 이르기 마련이니까요. 그런 글은 풍요로움을 잃게 됩니다. 하루 이틀은 찬란하고 감동적이며, 강렬하고 능수능란하게 보일지 몰라도, 해질녘이면 틀림없이 시들어 버립니다. 다른 사람들의 마

음속에서 자라지 못하니까요. 마음속의 여성과 남성이 협력해야
만 창조적 예술을 완성할 수 있습니다. 서로 반대되는 것들이 결
혼하여 첫날밤을 치러야 합니다. 작가가 자신의 경험을 온전히 전
달하고 있다고 느끼려면 우리의 마음 전체가 활짝 열려야 합니다.
자유가 있어야 하며 평화가 있어야 합니다. 바퀴 하나 삐걱거려서
는 안 되고 불빛 하나 깜빡거려서도 안 됩니다. 커튼도 단단히 여
며야 합니다. 작가는 자신의 경험이 할 일을 마치면, 그대로 드러
누워 자신의 마음이 어둠속에서 결혼식을 치르게 해 주어야 한다
고, 나는 생각했습니다. 어떤 일이 일어나는지 살펴보거나 질문해
서는 안 됩니다. 그보다는 장미 꽃잎을 뜯거나 강을 조용히 떠내
려가는 백조들을 지켜보아야 합니다. 그때 그 배와 대학생과 낙엽
들을 싣고 간 그 물결이 다시 보였습니다. 택시가 그 남자와 여자
를 태웠다고, 그 남녀가 길을 건너 만나는 모습을 바라보며 나는
생각했습니다. 그리고 그 물결이 그들을 휩쓸어 거대한 물줄기 속
으로 데려갔다고, 저 멀리에서 으르렁거리는 런던의 자동차들 소
리를 들으며 나는 생각했습니다.

자, 여기에서 메리 비턴은 말을 멈춥니다. 그녀는 여러분에게
소설이나 시를 쓸 생각이라면 연간 오백 파운드의 수입과 자물쇠
로 잠글 수 있는 방이 반드시 필요하다는 결론(평범한 결론)에 어
떻게 이르게 되었는지를 들려주었습니다. 그녀는 이런 결론에 이
르도록 이끌어 준 여러 생각과 느낌을 그대로 털어놓으려 노력했
습니다. 그녀는 두 팔을 흔들어 대는 대학 교직원을 갑자기 맞닥
뜨리고, 여기에서 점심을 먹고, 저기에서 저녁 식사를 하고, 대영

박물관에서 그림을 그리고, 서가에서 책을 꺼내고, 창밖을 내다보는 자신의 여정을 따라와 달라고 여러분에게 부탁했습니다. 그녀가 이 모든 일을 하는 동안, 여러분은 분명 그녀의 결점과 약점을 알아차리고 그런 결점이 그녀의 견해에 어떤 영향을 미쳤는지 판단했을 것입니다. 여러분은 그녀의 말을 반박하며 타당하다고 여겨지는 만큼 의견을 더하거나 뺏겠지요. 당연히 그래야 합니다. 이런 문제에서는 여러 다양한 오류를 비교해야만 비로소 진실을 얻을 수 있으니까요. 그리고 이제 나는 여러분이 분명 제기하지 않을 수 없었을 비판 두 가지가 무엇인지 예상하며 스스로 이 글을 마무리하려고 합니다.

여러분은 남성과 여성의 상대적인 장점에 대해, 적어도 작가로서의 장점에 대해서는 의견이 전혀 제시되지 않았다고 말할지도 모릅니다. 그 부분은 의도된 것으로, 왜냐하면 그런 가치 평가가 가능한 시대가 되었다고 해도(지금은 여성의 능력에 대한 이론을 정립하는 것보다 여성이 얼마나 많은 돈을 벌고 방은 몇 개나 가지고 있는지 아는 것이 훨씬 중요합니다), 이미 그런 시대가 되었다고 하더라도, 마음의 재능이건 성격의 재능이건 설탕이나 버터처럼 무게를 잴 수 있는 것이라고는 생각하지 않기 때문입니다. 사람들을 여러 등급으로 나누어 머리에 모자를 씌우고 이름 뒤에 석사나 박사 같은 문자를 덧붙이는 데 능숙한 케임브리지에서도 하지 못할 일입니다. 나는 『휘터커 연감』에서 볼 수 있는 '계급 순위표'*가 궁

---

*『휘터커 연감』은 1868년부터 매년 출간된 참고용 도서로, 공식 행사 때 직위에 따른 호명 순서나 착석 순서 등을 정리한 계급 순위표가 포함되어 있었다.

극적인 가치 등급을 대변한다거나, 만찬장에서 바스 훈장을 단 사령관이 결국에는 정신병자 담당관 다음에 입장하게 될 거라는 추측에 타당한 이유가 있다고는 생각하지 않습니다. 서로 다른 성끼리, 서로 다른 지위끼리 싸움을 붙이는 이 모든 행위, 자신의 우월성을 주장하며 열등성은 다른 사람의 몫으로 넘기는 이 모든 행위는 인생의 단계로 치자면 사립학교 단계에 속합니다. 이 단계에는 '편'이 존재하기 때문에 한쪽은 반드시 다른 편을 이겨야 하고 단상에 올라가 화려하게 장식된 우승컵을 교장으로부터 직접 넘겨받는 것이 무엇보다 중요합니다. 사람들은 성숙해 가면서 그런 편이나 교장이나 화려하게 장식된 우승컵을 더는 믿지 않게 됩니다. 어쨌거나 책의 경우에는 장점을 적은 라벨을 떨어지지 않도록 붙이기란 악명 높을 정도로 어렵습니다. 현재의 문학 평론이 그런 판단의 어려움을 끊임없이 실증해 주지 않나요? 같은 책이 '이 위대한 책'과 '이 쓸모없는 책'이라는 두 가지 이름으로 불립니다. 칭송이든 비난이든 똑같이 무의미해요. 그래요, 가치 측정은 취미로는 재미있을지 몰라도 모든 일 중에서 가장 무익하며 가치를 측정하는 자들의 명령에 굴복하는 것은 가장 비굴한 모습입니다. 자신이 쓰고 싶은 것을 쓰기만 한다면, 그보다 더 중요한 것은 없습니다. 그 글이 몇 세대 동안 중요한 존재가 될지 몇 시간 동안만 그럴지, 누구도 말할 수 없습니다. 그러나 은빛 우승컵을 손에 든 어느 교장이나 소매 속에 막대 자를 숨긴 어느 교수에게 경의를 표하느라 여러분의 이상에서 머리카락 한 올이라도 희생하거나 그 색조를 조금이라도 포기한다면 그것은 가장 비열한 배반이며, 이에 비하면 인간의 가장 큰 재앙이라 일컬어졌던 재산과 정절의 희생은 아주 사소한 상처에 불과합니다.

다음으로 내 생각에 여러분은 이야기를 전개하는 동안 내가 물질적인 것의 중요성을 지나치게 과장했다고 항의할지도 모릅니다. 상징의 한계를 관대하게 넓혀, 일 년에 오백 파운드라는 수입이 심사숙고하는 능력을 상징하고 문에 달린 자물쇠가 스스로 생각하는 능력을 상징한다고 해도, 여러분은 정신이 그런 것을 초월해야 한다고 말하겠지요. 저 위대한 시인들은 가난한 사람일 경우가 많았다고 말이에요. 그렇다면 시인이 되기 위해 무엇이 필요한지 나보다 잘 아는 여러분의 문학 교수님 말씀을 인용해 보겠습니다. 아서 퀼러쿠치 경은 이렇게 말합니다.*

"지난 백여 년 동안 있었던 위대한 시인이라 하면 어떤 이름을 댈 수 있을까? 콜리지, 워즈워스, 바이런, 셸리, 랜더, 키츠, 테니슨, 브라우닝, 아놀드, 모리스, 로세티, 스윈번…… 여기에서 멈추어도 될 것이다. 이중에서 키츠와 브라우닝, 로세티를 제외하고 모두가 대학을 나왔으며 저 세 명 중 부유하지 않았던 시인은 전성기를 채 누리지 못하고 요절한 키츠뿐이다. 이렇게 말하면 잔인하게 보일 수도 있고 서글프기도 하지만 엄연한 사실이 있으니, 시적 재능이 바람처럼 부유한 이나 가난한 이를 가리지 않고 찾아간다는 추측은 진실일 수가 없다. 또 엄연한 사실이 있으니, 그열두 명 중 아홉 명은 대학을 다녔다. 이는 영국이 제공할 수 있는 최고의 교육을 받을 만한 재력을 이런저런 방식으로 거머쥐었

*아서 퀼러쿠치 경, 『글쓰기의 기술(The Art of Writing)』. (원주)

다는 뜻이다. 또 엄연한 사실이 있으니, 나머지 셋 중 알다시피 브라우닝은 부유했고 감히 단언컨대 부유하지 않았다면 그는 『사울(Saul)』이나 『반지와 책(The Ring and The Book)』을 쓸 수 없었을 것이며, 러스킨 역시 아버지의 사업이 번창하지 않았다면 『현대의 화가들(Modern Painters)』을 쓰지 못했을 것이다. 로세티는 많지 않지만 개인적인 수입이 있었다. 게다가 그림을 그렸다. 그러면 키츠만 남는데, 운명의 여신 중 하나인 아트로포스가 젊은 키츠를 죽였다. 존 클레어를 정신병원에서 살해하고, 좌절한 마음을 달래려 아편을 복용한 제임스 톰슨을 그 아편으로 죽인 것처럼 말이다. 끔찍한 사실이지만 직면하기로 하자. 국가적으로 치욕스러운 사실일지언정, 우리 영국의 어떤 결함 때문에 가난한 시인은 분명 요즘은 물론이고 지난 이백 년 동안에도 쥐꼬리만 한 기회조차 갖지 못했다. 내 말을 믿어도 좋다(나는 십 년 가까운 시간 동안 초등학교 320여 개를 관찰한 사람이다). 우리가 입으로 민주주의에 대해 떠들어댄다 한들, 사실상 영국의 가난한 아이가 굴레를 벗고 위대한 작품을 탄생시킬 지적 자유를 누리게 될 가망은 고대 아테네 노예의 아들만큼이나 거의 없다."

이보다 더 명료하게 핵심을 지적할 수는 없을 것입니다. "가난한 시인은 분명 요즘은 물론이고 지난 이백 년 동안에도 아주 작은 기회조차 갖지 못했다…… 영국의 가난한 아이가 굴레를 벗고 위대한 작품을 탄생시킬 지적 자유를 누리게 될 가망은 고대 아테네 노예의 아들만큼이나 거의 없다." 바로 이것입니다. 지적 자유는 물질적인 것에 좌우됩니다. 시는 지적 자유에 좌우되지요. 그리고 여성은 늘 가난했는데, 지난 이백 년 동안만이 아니라 태초부터 그랬습니다. 여성은 고대 아테네 노예의 아들보다도 지적 자유가 없었습니다. 그래서 시를 쓸 쥐꼬리만 한 기회조차 갖지 못했습니다. 이런 까닭에 나는 돈과 자기만의 방을 그토록 강조했던 것입니다. 그러나 우리에게 좀 더 알려졌으면 좋았을 그 이름 없는 과거의 여성들이 고생한 덕분에, 그리고 기묘하지만 두 차례의 전쟁 덕분에, 즉 플로렌스 나이팅게일을 거실에서 뛰쳐나오게 한 크림 전쟁과 육십여 년 뒤 평범한 여성에게도 문을 열어 준 유럽 전쟁 덕분에 이런 해악은 개선되는 중입니다. 그렇지 않았다면 여러분은 오늘 밤 이 자리에 있지 않았을 것이고 일 년에 오백 파운드를 벌어들일 가망은, 유감스럽게도 여전히 불확실한 상황이긴 하지만, 극히 적었을 것입니다.

그래도 여러분은 이렇게 반문할 수 있습니다. 내 말에 따르면 책을 쓰기 위해서는 엄청난 노력이 필요하고 어쩌면 고모님을 죽여야 할 수도 있고 오찬 모임에 늦을 것은 거의 확실하며 매우 훌륭한 동료들과 매우 심각한 논쟁을 벌여야 할지도 모르는데, 여성이 책을 쓰는 것에 왜 그토록 큰 의미를 두느냐고 말입니다. 솔직히 내 동기는 어느 정도 이기적입니다. 교육받지 못한 대다수 영국 여자들처럼 나는 독서를 좋아합니다. 그것도 대량으로 읽기를 좋아하지요. 최근에는 식단이 약간 단조로워졌습니다. 역사책에는 전쟁에 대한 내용이 너무 많습니다. 전기는 위대한 남성에게 편중되었어요. 시는 내 생각에 빈곤해지는 경향을 보여 왔고 소설은, 하지만 현대 소설 비평가로서 내 무능함은 충분히 드러났으니 소설에 대해서는 더 이상 말하지 않겠습니다. 그러니 나는 여러분에게 주제가 아무리 사소하거나 아무리 거창하더라도 망설이지 말고 온갖 종류의 책을 쓰라고 부탁하고 싶습니다. 어떻게 해서든 여행하며 빈둥거리고, 세상의 미래나 과거를 곰곰이 생각하고, 책을 보며 몽상을 펼치고, 길모퉁이에서 어슬렁거리고, 생각의 낚싯줄을 강물 속에 깊이 담그기에 충분한 자기 몫의 돈을 소유하기 바랍니다. 나는 여러분을 결코 소설에만 국한하는 것이 아니니까요. 여러분이 나를(그리고 나와 같은 사람이 세상에는 수없이 많지요) 기쁘게 해 주고 싶다면, 여행과 모험, 연구와 학문, 역사와 인물, 비평과 철학과 과학에 대한 책을 써 보세요. 그렇게 하면 틀림없이 소설 기법에 도움이 될 것입니다. 책은 서로 영향을 주기 마련이니까요. 소설이 시와 철학에 가까이 붙어 있다면 훨씬 나아질 것입니다. 게다가 사포*나 무라사키 부인**이나 에밀리 브론테와 같은 과거의 위대한 인물들을 생각해 보면, 그들이 창시자이면서 계승자이고 여성이 자연스럽게 글 쓰는 습관을 갖게 된 탓에 그들 또한 존재하게 되었다는 사실을 깨닫게 될 것입니다. 그러니 그런 활동은 시의 전주곡일 뿐이라 해도 매우 값진 일일 거예요.

그러나 지금까지 쓴 내용을 돌아보며 글을 쓰는 동안 내 생각이 어떻게 흘러갔는지 스스로 비평해 보면, 내 동기는 전적으로 이기적인 것이 아니었어요. 그 산만한 논평 사이를 관통하는 것은, 좋

---

*Sappho(BC610~BC580): 호메로스와 함께 고대 그리스 최고의 서정시인으로 손꼽히는 여성 시인.
**일본 헤이안 중기에 활동한 시인 겸 소설가 무라사키 시키부(紫式部, 978?~1016?). 일본 문학사의 고전인 『겐지 이야기(源氏物語)』를 비롯한 여러 작품을 남겼다.

은 책은 바람직하며 좋은 작가는 사악한 인간의 온갖 면을 다양하게 보여 주기는 해도 역시 좋은 인간이라는 신념(아니면 직감일까요?)입니다. 그러니 여러분에게 더 많은 책을 쓰라고 부탁할 때 나는 여러분 자신에게 그리고 크게는 세상에 도움이 될 일을 하라고 촉구하는 셈입니다. 이런 직감이나 신념이 옳다고 증명할 방법을 나는 모릅니다. 철학적인 용어는 대학에서 교육받지 못한 사람을 기만하기 쉬우니까요. '현실성(reality)'이라는 말은 무슨 뜻일까요? 매우 변덕스럽고, 도무지 믿을 수 없는 것처럼 보입니다. 어느 때는 먼지투성이 길에서 발견되고 어느 때는 거리의 신문조각에서 발견되고 어느 때는 햇빛을 받은 수선화 속에서 발견되는 것 같아요. 그것은 방에 있는 여러 사람을 비춰 무심코 내뱉은 말을 마음에 새겨 줍니다. 그것은 별빛을 받으며 집으로 걸어가는 사람의 마음을 사로잡아 그 고요한 세상을 말로 가득한 세상보다 더 현실처럼 느끼게 해 줍니다. 그런가 하면 그것은 피커딜리 거리의 소란스러운 버스 속에도 있습니다. 때로는 너무 멀어 그 특징이 식별되지 않는 형태 속에 깃들기도 하는 것 같고요. 그러나 현실성이 손을 대면 무엇이든 고정불변하게 됩니다. 하루의 껍질을 덤불 울타리 속으로 던지고 난 뒤 남는 것이 바로 그 현실성입니다. 지나간 시간과 우리의 사랑과 증오가 남겨 주는 것이 바로 그 현실성이에요. 내 생각에 작가는 이 현실성 앞에서 다른 사람들보다 더 오래 살 기회를 얻습니다. 현실성을 찾아내고 수집하고 나머지 사람들에게 전달하는 것이 작가가 할 일입니다. 적어도 나는 『리어 왕』이나 『에마』나 『잃어버린 시간을 찾아서』를 읽으며 그렇게 결론을 내렸습니다. 이런 책은 감각에 신기한 백내장 수술을 해 주는 것 같습니다. 그 뒤로는 사물이 강렬하게 보이거든요. 세상이 덮개를 벗고 더 강렬한 활기를 띤 것처럼 보이지요. 현실성 없는 것에 적개심을 느끼며 사는 사람들은 부러움을 살 만한 이들입니다. 알지도 못하고 관심도 없이 한 일에 머리를 얻어맞는 사람들은 가련한 이들이고요. 그러니 여러분에게 돈을 벌고 자기만의 방을 가지라고 부탁할 때, 나는 현실에 직면하여 살라고, 다른 사람들에게 그 활기를 전할 수 있든 없든 상관없이 활기찬 삶을 살아가라고 부탁하는 셈입니다.

이쯤에서 멈추고 싶지만, 모든 강연은 감동적인 결론으로 끝나야 한다는 관례가 부담을 주는군요. 그리고 여성을 대상으로 한 강연의 결론은 여러분도 동의하겠지만 특히 여성을 칭찬하고 여성의 품격을 높이는 내용을 포함해야겠지요. 나는 여러분에게 여러분의 책무를 기억하며 더욱 고귀하고 더욱 숭고한 존재가 되라고 간청해야 해요. 여러분에게 얼마나 많은 것이 달려 있으며 여러분이 미래에 어떤 영향을 미칠 수 있는지를 일깨워 주어야 하고요. 그러나 그런 권고는 남성에게 안전히 맡겨 두어도 될 것 같습니다. 그들은 나보다 훨씬 뛰어난 달변으로 그 이야기를 전할 것이며 실제로도 그렇게 해 왔으니까요. 나 자신의 마음을 샅샅이 뒤져도, 남성의 동료가 되고 대등한 존재가 되어 더 숭고한 목표를 위해 세상에 영향을 미치고 싶다는 고귀한 감정을 찾을 수가 없습니다. 나는 다른 것보다 나 자신이 되는 것이 훨씬 중요하다고, 간단히 그리고 평범하게 말할 뿐입니다. 고상하게 표현하는 방법을 안다면 다른 사람들에게 영향을 미칠 생각은 꿈에도 하지 말라고 말하겠습니다. 사물을 그 자체로 생각하세요.

또 신문과 소설과 전기를 두루 읽다 보면, 여성이 여성에게 말할 때는 소매 속에 매우 불쾌한 뭔가를 숨겨 둔다는 말이 떠오릅니다. 여성은 여성에게 가혹합니다. 여성은 여성을 싫어합니다. 여성은…… 하지만 여러분은 이 단어가 지겨워 죽을 것 같지 않나요? 장담컨대 나는 그렇습니다. 그렇다면, 여성이 여성에게 읽어 주는 강연문이 특별히 불쾌한 어떤 내용으로 끝나야 한다는 데 동의합시다.

하지만 어떻게 하면 그렇게 될까요? 내가 무슨 생각을 하면 좋을까요? 사실 나는 많은 경우에 여성을 좋아합니다. 관습에 얽매이지 않는 여성의 성향을 좋아합니다. 여성의 완벽성을 좋아합니다. 여성의 익명성을 좋아합니다. 여성의…… 그러나 이런 식으로 계속해서는 안 되겠지요. 저기 저 벽장에, 여러분은 깨끗한 식탁용 냅킨만 들어 있다고 말하겠지만 그 틈에 아치볼드 보드킨 경*이 숨어 있다면요? 그러니 더 엄격한 논조로 말해야겠습니다. 내가 앞서 들려준 이야기에서, 남성의 경고와 질책이 여러분에게 충분히 전달되었나요? 나는 오스카 브라우닝 씨가 여러분을 매우 저급하게 생각했다고 말했습니다. 나폴레옹이 한때 여러분에 대해 어떻게 생각했고 지금 무솔리니가 어떻게 생각하는지를 알려 주었습니다. 그런 다음 여러분 중 누군가가 소설을 쓰고 싶어 할

*Archibald Bodkin(1862~1957): 1920년부터 1930년까지 검찰총장을 역임하며 래드클리프 홀의 『고독의 우물』 출판을 금지하는 데 일조했다.

경우를 대비해 도움이 되도록, 자기 성의 한계를 용감하게 인정하는 문제와 관련한 비평가의 조언을 그대로 옮겨서 들려주었습니다. X 교수를 언급하며 여성이 지적, 도덕적, 신체적으로 남성보다 열등하다는 그의 주장을 중점적으로 다루었습니다. 찾아 나서지 않아도 나에게 다가온 그 모든 것을 여러분에게 전했고, 이제 마지막 경고만 남았군요. 바로 존 랭턴 데이비스 씨의 말입니다.*
존 랭턴 데이비스 씨는 여성에게 "자녀를 아예 원하지 않게 된다면 여자도 아예 필요 없는 존재가 된다."라고 여성에게 경고해요. 이 말을 적어 두길 바랍니다.

인생에서 해야 할 일에 힘쓰라고 이보다 더 격려해 주는 말을 내가 어찌 찾을 수 있을까요? 젊은 여성들이여, 결론이 시작되려는 참이니 부디 경청해 주길 바라며, 내가 하고 싶은 말은 이것입니다. 내 생각에 여러분은 부끄러울 만큼 무지합니다. 여러분은 어떤 종류든 중요한 발견을 한 적이 없습니다. 여러분은 제국을 뒤흔들거나 군대를 이끌고 전장에 나간 적이 없습니다. 셰익스피어의 희곡은 여러분이 쓴 것이 아니며, 여러분은 야만족에게 문명이라는 축복을 전해 준 적도 없습니다. 여러분은 뭐라고 변명할 건가요? 피부가 검고 희고 커피색인 거주자들로 넘쳐 나는 지구의 거리와 광장과 숲을 가리키며, 저마다 장사와 사업과 구애 등으로 바쁘게 사는 동안 우리는 다른 일을 맡아서 했다고 말해도 괜찮습니다. 우리가 그 일을 하지 않았다면 배가 바다를 건너지

---

*존 랭턴 데이비스, 『여성의 역사(A Short History of Women)』. (원주)

못했을 것이고 저 기름진 땅은 사막이 되었을 것이라고 말해도 괜찮아요. 우리는 통계에 따르면 현존하는 십육억 이천삼백만 명의 인간을 낳았고 그들을 예닐곱 살 무렵까지 기르고 씻기고 가르쳤다고, 도움을 약간 받았더라도 시간이 걸리는 일이었다고 말입니다.

여러분이 한 말 속에는 진실이 있습니다. 부인하지 않겠습니다. 그러나 동시에 여러분에게 상기해 주고 싶은 사실이 있는데, 1866년 이래 영국에는 여자대학이 적어도 두 군데는 있지 않았나요? 1880년 이후에 기혼여성은 법적으로 재산을 소유할 수 있게 되었고, 1919년 즉 구 년 전에는 투표권을 얻지 않았나요? 또 십 년 가까운 지난 세월 동안 대부분의 직종이 여러분에게 열리지 않았던가요? 이 크나큰 특권과 여러분이 그것을 누려 온 시간과 지금 이 순간에도 이런저런 방식으로 일 년에 오백 파운드 이상 벌 수 있는 여성들이 이천 명 정도는 있을 거라는 사실을 곰곰이 생각해 보면, 기회나 교육, 용기, 여가, 돈이 부족하다는 변명은 더 이상 통하지 않는다는 점에 여러분도 동의할 것입니다. 더군다나 경제학자들은 시턴 부인에게 자녀가 너무 많았다고 이야기합니다. 물론 여러분도 아이를 낳겠지만 경제학자들의 말에 따르면 열이나 열둘이 아니라 두세 명 정도여야 합니다.

이렇게 수중에 생긴 어느 정도의 시간과 독서로 얻은 머릿속 지식(여러분은 다른 종류의 지식을 충분히 갖추고 있었기 때문에 부분적으로는 여러분을 무지하게 만들기 위해 대학에 보내는 게 아닐지, 의심스럽긴 해요)으로, 분명 여러분은 매우 길고 매우 힘들고 굉장히 어두침침한 직업 활동의 다음 단계를 시작하게 될 것입니다. 여러분이 해야 할 일과 여러분이 미칠 영향력에 대해 일러 주려고 무수한 펜이 대기 중입니다. 내가 일러 주는 말은 솔직히 다소 환상적이에요. 그래서 나는 그 말을 소설 형태로 표현하는 쪽을 선호합니다.

이 강연 중에 나는 여러분에게 셰익스피어에게 여동생이 있다고 말했습니다. 그러나 시드니 리 경이 쓴 셰익스피어의 전기에서 그녀를 찾지는 마세요. 그녀는 젊을 때 죽었습니다. 아아, 슬프지만 글 한 줄 쓰지 못했지요. 그녀는 엘리펀트 앤 캐슬 맞은편, 지금은 버스 정류장이 된 곳에 묻혀 있습니다. 그러나 나는 글 한 줄 쓰지 못하고 교차로에 묻힌 이 시인이 아직 살아 있다고 믿습니다. 이 시인은 여러분 속에, 내 속에, 그리고 설거지를 하고 아이들을 재우느라 오늘 밤 이 자리에 오지 못한 수많은 다른 여성들 속에 살아 있습니다. 네, 그녀는 살아 있습니다. 위대한 시인은 죽지 않기 때문입니다. 그들은 계속 존재합니다. 그저 육체가 되어 직접 우리들 사이를 돌아다닐 기회가 필요할 뿐이지요. 내 생각에 여러분의 힘으로 그녀에게 그 기회를 줄 때가 다가오고 있습니다. 우리가 앞으로 백 년 이상 산다면(개개인으로 사는 분리된 삶이 아니라 진정한 삶인 공동의 삶을 말하는 겁니다), 그리고 우리 각자에게 일 년에 오백 파운드와 자기만의 방이 생긴다면, 우리가 생각하는 것을 그대로 쓸 수 있는 자유와 용기를 습관처럼 갖게 된다면, 공용 거실에서 조금 벗어나 서로와의 관계뿐만이 아니라 현실성과의 관계 속에서 사람들을 바라보고 하늘이든 나무든 그 무엇이든 있는 그대로 바라본다면, 어떤 인간도 시야를 가리지 못하도록 밀턴의 악령까지도 넘어서서 바라본다면, 우리에게는 매달릴 팔이 없고 홀로 나아가야 하며 우리가 남성과 여성의 세계뿐 아니라 현실성의 세계와도 관련이 있다는 사실을 받아들인다면(그것이 사실이므로), 그 기회는 다가올 것이며 셰익스피어의 여동생이었던 그 죽은 시인은 그동안 그토록 자주 벗어 버렸던 육신을 다시 입을 것입니다. 이전에 그녀의 오빠가 그랬듯이, 이름 모를 선구자들의 삶에서 생명을 얻어 태어날 것입니다. 그런 준비 없이, 그런 우리의 노력 없이, 그녀가 다시 태어났을 때 이번에는 살 수 있고 시를 쓸 수 있다고 깨닫게 해 주겠다는 결심 없이, 그녀가 오리라고 기대해서는 안 됩니다. 그런 일은 일어나지 않을 테니까요. 그러나 단언컨대, 우리가 그녀를 위해 노력한다면 그녀는 올 것이며 가난하고 이름 없는 노력일지라도 충분히 가치 있는 일입니다.

백 년 뒤에 읽는『자기만의 방』
−메리이자 주디스인 우리들을 위하여

『자기만의 방』은 버지니아 울프가 1928년 10월에 '여성과 소설'이라는 주제로 여자대학인 뉴넘과 버튼에서 했던 두 강연과 1929년 3월에 같은 제목으로 잡지에 기고한 에세이를 발전시킨 글이다. 이후 울프는 내용의 상당 부분을 수정하고 제목을 '자기만의 방'으로 바꾸어 같은 해 10월에 책으로 발간했다. 울프가 천착했던 '여성과 글쓰기'라는 주제를 유쾌하고 재기 넘치는 문체로 다룬 이 글은 무엇보다도 출간 당시부터 오늘날에 이르기까지 찬사와 비난을 아우르며 끊임없이 재조명, 재평가되는 '열린 텍스트'라는 점에서 매력적이다. 발간 당시 울프는 문학평론집은 물론이고 『댈러웨이 부인』(1925), 『등대로』(1927), 『올랜도』(1928) 등 '의식의 흐름 기법'을 활용한 소설을 발표하면서 독창적인 모더니즘 작가로 굳건히 자리 잡은 상태였다. 그러나『자기만의 방』은 상업적 성공을 거둔 것과는 별개로 당대에는 실험적인 여성 작가의 가벼운 에세이 취급을 받았다. 이후에도 작가인 울프에 대한 편견과 복합적 이미지가 작품 비평에 영향을 미쳤다. 울프는 평생 우울증에 시달리며 자살로 삶을 마감한 병약한 여성 작가, 남자 형제들처럼 제대로 된 교육을 받지는 못했으나 어쨌거나 상류 계급에 속해 영향력 있는 지식인들의 모임이었던 '블룸즈버리 그룹'의 일원이라는 특권을 누린 작가로 여겨졌기 때문이다.

그러다가 1970년대 페미니즘 운동의 물결 속에서『자기만의 방』은 선구적인 페미니즘 이론서로 재발견된다. 남성과 달리 제약이 많았던 여성의 삶을 예리하게 지적하고 그 삶을 묘사할 언어를 찾고자 했던 울프의 글에서, 페미니즘 운동가들은 남성의 언어가 아니라 여성의 언어로 여성의 경험을 표현하는 목소리를 발견한 것이다. 이후 오늘날에 이르기까지『자기만의 방』과 관련된 각종 연구 양상을 간단하게만 언급해도 매우 방대한 글이 될 것이다. 여기에서는 오늘날 이 작품을 읽는 독자에게 일종의 길잡이가 되자는 의미에서,『자기만의 방』의 핵심 주제와 그 주제를 효과적으로 전달하고자 울프가 이용한 기법을 간단히 살펴보려 한다.

경제적 자립의 중요성

화자는 1장 초반에 이 글에서 '여성이 소설을 쓰려면 자기만의 방이 있어야 한다'는 주장을 전개할 것임을 미리 밝혀 둔다. 자기만의 방이란 방해받지 않고 집중할 수 있는 사적인 공간이자 사회적이고 경제적인 억압에서 벗어난 자유로운 공간이다. 이 공간이 없으면 창조력을 온전히 발휘할 수 없다. 책의 마지막 장인 6장에서 울프는 여성이 '시'를 쓸 기회가 없었던 이유를 언급하며 책 전체의 주장을 다시 한번 요약한다.

지적 자유는 물질적인 것에 좌우됩니다. 시는 지적 자유에 좌우되지요. 그리고 여성은 늘 가난했는데, 지난 이백 년 동안만이 아니라 태초부터 그랬습니다. 여성은 고대 아테네 노예의 아들보다도 지적 자유가 없었습니다. 그래서 시를 쓸 쥐꼬리만 한 기회조차 갖지 못했습니다. 이런 까닭에 나는 돈과 자기만의 방을 그토록 강조했던 것입니다. (6장)

울프는 외부의 제약이 여성의 문학 활동에 치명적인 영향을 미친다고 보았다. 여성이 시가 아니라 주로 소설을 쓸 수밖에 없었던 이유는 끝없이 방해받는 환경 때문이었다. 사적인 공간 없이 가족들이 함께 쓰는 거실에서 글을 써야 했기 때문에 깊은 사색에 잠길 기회가 없었다. 이 '방해'의 위력은 『자기만의 방』화자의 개인적인 경험을 통해서도 은유적으로 드러난다. 화자는 사색에 잠겨 옥스브리지의 교정을 걷다가 무심코 남성에게만 입장이 허락된 잔디밭에 들어서는데, 곧 교직원에 의해 쫓겨난다. 그 바람에 그 '작은 물고기', 즉 사색하던 내용은 흔적도 없이 사라지고 만다 (1장).

또한 화자는 개인적인 삶의 변화를 이야기하며 외부 조건, 즉 경제적 자립이 여성의 글쓰기에 얼마나 중요한 역할을 하는지를 시사한다. 화자는 이름이 같은 고모 메리 비턴으로부터 유산을 물려받아 매년 오백 파운드라는 수입을 확보한다. 그 사실을 여성의 투표권이 합법화되었다는 소식을 들은 날 밤에 알게 되었고 "투표권과 돈, 이 두 가지 중에 돈이 한없이 더 중요하게 보였다는 사실"을 인정한다. 돈이 없던 시절 이런저런 직업을 전전하며 마음속에 쌓였던 두려움과 비통함이 화자에게 독이 되었고, 그 독 때문에 스스로의 영혼이 소멸되고 있다고 느꼈기 때문이다. 그러나 매년 오백 파운드의 수입이 생긴 뒤에 화자는 자유를 누린다.

세상 어떤 힘도 나에게서 오백 파운드를 빼앗을 수 없습니다. 의식주가 영원히 내 것입니다. 따라서 수고와 노동이 그칠 뿐만 아니라 증오와 비통함도 사라집니다. 나는 어떤 남자도 미워할 필요가 없습니다. 나에게 상처를 입힐 수 없으니까요. 나는 어떤 남자에게도 아침할 필요가 없습니다. 그에게서 받을 것이 없으니까요. 이렇게 어느새 내가 인류의 다른 절반을 향해 새로운 태도를 취하게 되었음을 깨달았습니다. (2장)

경제적 자유로 화자는 내면의 자유로움과 균형 잡힌 정신을 갖게 되었다. 증오와 비통함이 사라져 왜곡되지 않은 글을 쓸 수 있기에, 화자에게는 여성운동의 주요 사건이었던 투표권 획득보다 오백 파운드가 더 중요하게 보였던 것이다.

진실을 들려주는 허구의 인물들: 메리와 주디스

울프가 내세우는 화자는 허구의 인물이다. 울프는 화자의 이름을 분명히 밝히지 않고 "나를 메리 비턴이나 메리 시턴, 메리 카마이클 혹은 원하는 아무 이름으로 부르세요. 그것은 전혀 중요한 문제가 아닙니다."(1장)라고 말한다. 이야기가 진행되면서 화자와 함께 식사를 했던 메리 시턴, 화자에게 유산을 남긴 고모 메리 비턴, 완벽하지 않지만 가능성 있는 신인 작가 메리 카마이클 등이 등장한다. 이들은 '메리'라는 이름 때문에 비슷해 보이지만 다양한 상황에 처한 여성이다. 즉 화자인 '나'는 개별적 존재가 아니라 다양한 상황에 처한 다양한 여성을 대표하는 인물로 볼 수 있다. 『자기만의 방』 4장에서 화자는 "걸작은 오랜 세월에 걸쳐 공유된 생각, 집단적 생각의 결과물이기에 하나의 목소리 뒤에는 다수의 경험이 존재합니다."고 말하는데, 허구의 인물인 화자 메리야말로 다수의 경험을 대변하는 복합적인 목소리인 셈이다.

또한 "소설에는 사실보다 진실이 더 많이 담겼을 가능성"(1장)이 있다는 말에서 우리는 울프가 『자기만의 방』에서 '허구'와 허구 속에 섞인 '진실', 그리고 그에 대비되는 '사실'을 제시할 것임을 짐작할 수 있다.

내가 이제 묘사하려는 것이 실재가 아님은 말할 필요도 없겠지요. 옥스브리지는 허구입니다. 퍼넘 대학도 마찬가지입니다. '나'는 가공의 어떤 인물을 가리키는 편리한 용어일 뿐입니다. 내 입술에서는 거짓말이 흘러나오겠지만 어쩌면 그 가운데 약간의 진실이 섞여 있을지도 모릅니다. 이 진실을 찾아내고 그중 어떤 부분이건 간직할 가치가 있을지 결정하는 것은 여러분의 몫입니다. (1장)

물질적 풍요를 누리며 문학적 성취를 거의 독점해 온 남성이 남성의 언어로 주입해 온 객관적 '사실' 대신 '허구'인 화자의 의식을 따라가며 '진실'을 포착하라고, 울프는 독자를 독려하고 있다. "영원히 간직할 순수한 진리 덩어리"(1장)를 제시하기보다는 읽는 사람에 따라 가치가 다르게 느껴질 진실을 찾아내라고 이야기하고 있다.

질문하고 탐구하는 화자의 의식을 따라가며 독자가 만나게 되는 허구의 정점은 셰익스피어의 누이인 주디스라는 인물이다. 울프는 셰익스피어만큼이나 재능이 뛰어난 누이 '주디스'가 있었다고 가정하고 이 인물을 통해 재능이 뛰어난 여성이 그 시대에 어떤 삶을 살았을지 현실적으로 그려 낸다. 주디스는 셰익스피어 못지않은 재주와 용기를 타고났으나, 셰익스피어가 학교에 들어가 공부하는 동안 집안일을 하면서 부모님 몰래 글을 읽는다. 셰익스피어가 런던으로 가서 작가로 성공하는 동안 주디스는 원치 않는 결혼을 강요받고 거부하다가 감금된다. 용기 있게 탈출해서 셰익스피어처럼 런던으로 가지만 무대에 서 볼 기회조차 얻지 못하고 비웃음과 비난만을 받는다. 그녀를 도와주겠다는 권력자의 정부로 살아가다가 임신을 하고 재능을 꽃피울 겨를도 없이 스스로 목숨을 끊는다.

주디스의 삶은 비극으로 점철되었으나, 이 주디스와 대비되는 '메리 카마이클'이라는 무명작가를 통해서 울프는 희망을 이야기한다. 메리 카마이클은 주디스처럼 타고난 천재가 아니었고 제인 오스틴이나 브론테 자매, 조지 엘리엇 같은 선구자들처럼 빛나는 글을 쓰지 못했다. 그러나 두드러진 장점이 있었으니 바로 남성에 대한 분노 없이, 여성으로서 글을 쓰되 여성이라는 자각 없이 글을 쓸 수 있다는 점이었다.

그녀에게 자기만의 방과 매년 오백 파운드를 주고 자기 마음을 이야기하게 하고 지금 쓴 것의 절반을 덜어 내게 하면, 머지않아 좋은 책을 쓸 거야. 나는 메리 카마이클이 쓴 『생의 모험』을 책장 끄트머리에 넣으며 말했습니다. 그녀는 시인이 될 거야, 백 년이

라는 시간이 한 번 더 지나면. (5장)

울프는 이 평범한 메리 카마이클에게 기회를 준다면, 지적 자유가 보장된 공간에서 창조력을 발휘할 수 있게 해 준다면, 백 년이라는 시간이 걸릴지언정 결국 시인이 될 수 있을 거라고 예견한다.

『자기만의 방』, 약 백 년 이후

2021년, 울프가 『자기만의 방』에서 그런 예견을 피력한 뒤로 백 년 가까운 시간이 흘렀다. 그리하여 이 시대의 메리 카마이클은 시를 쓸 수 있게 되었을까? 울프의 기대는 반만 실현된 것 같다. 울프가 "여성은 수백만 년을 줄곧 집안에 들어앉아 보냈으니 이제는 집안의 벽에 여성의 창조력이 스며들었습니다. 사실 그 창조력은 벽돌과 회반죽이 수용할 수 있는 정도를 넘어섰기에 이제는 펜과 붓과 사업과 정치에 그 힘을 써야 합니다. 그러나 이 창조력은 남성의 창조력과 굉장히 다릅니다."(5장)라고 주장할 때, 오늘날에도 여전히 유효한 이야기로 들리기 때문이다. 여성의 경제 활동과 재산권, 참정권이 당연한 권리로 여겨지는 오늘날에도 한쪽에서는 아직 '자기만의 방'을 갖지 못한 메리들이 살고 있기 때문이다. 또한 가정을 충실히 돌보는 '집안의 천사'가 되라는 사회적 요구와 '자기만의 방' 사이에서 갈등하는 수많은 메리들이 있기 때문이다. 특히 한국 사회는 가부장제를 비롯한 전근대적인 가치가 당연한 삶이었던 조부모 세대와 남녀가 평등하다는 전제 속에서 공부하고 사회에 나간 후기 근대 세대인 젊은이들, 그 사이에 낀 근대적인 부모 세대가 공존하는 곳이기에 더욱 그렇다. 세대 갈등이 필연적인 이 사회에서 여성은 여성이기에 한 가지를 더 고민해야 한다.

그러나 울프의 예견, 나머지 절반이 실현된 것도 사실이다. 메리와 주디스의 삶, 그 진실에 대하여 이야기하는 목소리가 우리 속에서 생생히 살아 움직이고 있기 때문이다.

그러나 나는 글 한 줄 쓰지 못하고 교차로에 묻힌 이 시인이 아직 살아 있다고 믿습니다. 이 시인은 여러분 속에, 내 속에, 그리고 설거지를 하고 아이들을 재우느라 오늘 밤 이 자리에 오지 못한 수많은 다른 여성들 속에 살아 있습니다. (6장)

여러 장르의 문학으로, 사회적 행동으로, 주입된 '사실'이 아닌 '진실'을 이야기하는 목소리가 이 사회에 꾸준히 울려 퍼지고 있다. 우리가 할 일은 자기만의 방을 가진 이 시대의 '메리'로서 질문하고 탐구하기를 멈추지 않는 것, 제약과 더불어 살아가는 메리이자 주디스인 우리 모두에게 꾸준히 기회를 주는 것이다. 이 '메리'와 '주디스'는 비단 여성만을 뜻하지 않는다. 당연한 권리를 누리지 못하는 모두, 기록된 역사의 그늘에 머물러 있을 수밖에 없었던 우리 모두이다. 다시 백 년이 지나기 전에, 바라기는 가까운 미래에, 메리 카마이클의 글이 보여 준 장점처럼, 서로에게 "욕을 퍼붓느라 시간을 낭비"하지 않으며 "두려움과 증오"가 "거의 사라"진(5장) 이야기가 우리 중에서 다채롭게 울려 퍼지기를 희망한다.

옮긴이 **김 율 희**

고려대학교 영어영문학과를 졸업한 뒤, 동 대학원 영문과에서 근대영문학으로 석사 학위를 받았다. 옮긴 책으로 『플립』, 『크리스마스 캐럴』, 『말괄량이와 철학자들』, 『벤자민 버튼의 시간은 거꾸로 간다』, 『걸리버 여행기』, 『월든』, 『자기만의 방』 등이 있다.

〈〈버지니아 울프 연보〉〉

1882년 1월 25일 영국 런던 켄싱턴에서 태어났으며 결혼 전 이름은 애들린 버지니아 스티븐이다. 아버지 레슬리 스티븐은 『영국 인명사전』을 편찬한 명망 있는 비평가이자 사상가로, 버지니아는 아버지 밑에서 교육받으며 당대 최고의 지성들이 모인 환경에서 성장한다.

1895년 어머니 줄리아 스티븐의 사망으로 정신질환을 일으킨다. 이후 평생 수차례 정신질환을 앓는다.

1897년 런던 킹스 칼리지에서 역사와 그리스어 수업을 청강한다.

1899년 오빠 토비가 케임브리지 트리니티 칼리지에 입학하여 이후 블룸즈버리 그룹을 결성할 레너드 울프, 클라이브 벨, 덩컨 그랜트, 리튼 스트레이치, 존 케인스, 로저 프라이 등과 교류한다.

1904년 아버지의 사망으로 정신질환 증세가 심해져 처음으로 자살 기도를 한다. 그 후 블룸즈버리로 거처를 옮기고, 〈가디언〉에 첫 번째 서평을 싣는다.

1905년 〈타임스〉에 문예비평을 게재하고, 런던 몰리 칼리지에서 근로자들을 위한 야간 강의를 시작한다.

1910년 여성 참정권 운동에 참가한다.

1912년 레너드 울프와 결혼하고 클리포드 인으로 이사한다.

1913년 첫 장편 『출항』을 탈고하여 출판사에 보낸다. 그 후 병세가 악화되어 자살을 기도한다.

1915년 런던 남부 리치먼드의 호가스 하우스로 이사한다. 이복형제가 경영하는 출판사 덕워스에서 『출항』을 출간한다.

1916년 여성 협동조합의 리치먼드 지부에서 강연한다.

1917년 남편 레너드와 함께 호가스 출판사를 창립한다.

1919년 두 번째 장편 『밤과 낮』을 출간하고, 몽크스 하우스를 구입한다.

1921년 단편집 『월요일 혹은 화요일』을 호가스 출판사에서 출간한다. 여름 내내 병을 앓는다.

1922년 심장병과 폐결핵 진단을 받고 병치레를 한다. 세 번째 장편 『제이콥의 방』을 출간한다.

1924년 케임브리지에서 현대 소설에 대한 강연 후 원고를 정리하여 『베넷 씨와 브라운 부인』을 출간한다.

1925년 네 번째 장편 『댈러웨이 부인』과 평론집 『일반 독자』를 출간한다.

1927년 다섯 번째 장편 『등대로』를 출간하여 호평받는다.

1928년 『등대로』로 페미나 문학상을 수상한다. 여섯 번째 장편 『올랜도』를 출간한다.

1929년 케임브리지에서의 강연을 토대로 한 에세이 '여성과 소설'의 제목을 『자기만의 방』으로 바꾸어 출간한다.

1931년 일곱 번째 장편 『파도』를 출간한다.

1937년 여덟 번째 장편 『세월』을 출간한다.

1938년 『자기만의 방』의 속편 『3기니』를 출간한다.

1941년 마지막 장편 『막간』을 탈고한다. 정신질환의 재발을 우려하여 3월 28일 몽크스 하우스 근처의 우즈강에 투신해 삶을 마감한다. 7월에 유작 『막간』이 출간된다.

자기만의 방

펴낸날 초판 1쇄 2021년 3월 10일
지은이 버지니아 울프 | **옮긴이** 김율희
펴낸이 신형건 | **펴낸곳** (주)푸른책들 · **임프린트** 에프 | **등록** 제321-2008-00155호
주소 서울특별시 서초구 양재천로7길 16 푸르니빌딩 (우)06754
전화 02-581-0334~5 | **팩스** 02-582-0648
이메일 prooni@prooni.com | **홈페이지** www.prooni.com
인스타그램 @proonibook | **블로그** blog.naver.com/proonibook
ISBN 978-89-6170-796-1 03840

ⓒ (주)푸른책들, 2021

🅕 Fall in book. Fan of literature. 에프는 종이책의 새로운 가치를 생각하는 (주)푸른책들의 임프린트입니다.
에프 블로그 blog.naver.com/f_books